Author
寺王
Illustration
由夜
JN109342
ブラックな騎士団の奴隷が
The Slave of the "Black Knights" is
ホワイトな冒険者ギルドに
Recruited by the "White Adventurer's Guild" as a S Rank Adventurer
引き抜かれてSランクになりました
3

The Slave of the "Black Knights" is
Recruited by the "White Adventurer's Guild"
as a S Rank Adventurer

CONTENTS

風呂場の扉が
ガタンっと押し開かれる。
反動で二人が床に転がる。
「きゃあぁぁぁぁっ――――！」

シルレは大きくはだけた衣服で。
ラナに至っては何も着ていない。
ラナ
エルフ族の姫であるシルレの妹。活発で姉思い。十年以上前から行方不明となっているが……。
リフ
クゼーラ王国王都のギルドマスター。見た目は幼女だが冒険者から一目置かれる凄腕の魔法使い。
ジード
クゼーラ王国騎士団から引き抜かれたSランク冒険者。危険区域『禁忌の森底』で育ち、魔物の魔法を操る。
フューリー
魔族。中性的な容姿の持ち主だが性別は男。ジードに魔族領の領地争いに関わる依頼を持ちかける。

ブラックな騎士団の奴隷がホワイトな冒険者ギルドに
引き抜かれてSランクになりました 3

寺王

イラスト／**由夜**

第五章

翠のエルフの二つの依頼

The Slave of the "Black Knights" is Recruited by the "White Adventurer's Guild" as a S Rank Adventurer

3

第一話　カリスマパーティーへの依頼

　エルフ支部の依頼を受けた俺は荷物を纏めてギルドマスター室に向かっていたが、クエナとシーラがギルド本部前で俺を待ち伏せしていた。

「おまえら、どうした？」

「長期の依頼って聞いたからジード成分を補充しておこうと思って！」

　シーラがぎゅーっと抱き着いてくる。

　張りのある双丘が密着して脳内が一気に真っ白に染まる。くそ……破壊力が高すぎるんだよ……！

「ちょ、長期って言っても一週間から一か月って話だ。すぐに会える」

「私にとっては長いわよぉ……」

　ふぇぇぇ、と今にも涙を流しそうな顔でシーラが言う。

　余計にシーラの抱きしめる力が強くなり、俺の足腰が不安になってくる。

「ねぇ、ジード。Sランク試験っていつあるか知ってる？」

　クエナが尋ねてきた。

　どこか意味深げに。

「次の試験か？　いつだ？」

「二か月後よ」

そんなに近く迫っていたのか。

「そうか。クエナは受けるんだろ？」

「ええ。きっとシーラも受けることになるわ」

「えへへん。『きっと』じゃなくて間違いなく！」

ドヤ顔のシーラが言い切る。

だが、そうなってくると二人の直面する不安要素が見えてくる。

「フィルも受けるぞ、間違いなく」

釘を刺す意味も込めて言う。

かつて二人はフィルと剣を交えている。

しかも負けていた。

懸念材料になることは間違いない。

だが、二人の表情は曇らなかった。

「負けないわよ」

「ええ、絶対に負けない！　ジードの騎士は私だけで充分！」

よほどの自信があるようだ。

禁忌の森底での特訓や、スティルビーツでの戦いが彼女たちに発破をかけたのか。

　はたまた二人の意志の強さか。

「そうか。結果が楽しみだよ。どんな試験内容か分からんが、どう転んでも不思議じゃない」

　魔力の総量、魔力操作技術、身体能力、それら全てを数値化できたとしても人の総合的な力を測り切ることはできない。

　だからこそ戦いには一切の油断も許されないし、百パーセント正しい予測はできない。

　俺の返事に二人が頷く。

「ところで、ジードはウェイラ帝国に行く予定とかあるの？」

　クエナが表情を憂慮したものに変える。

「急になんだよ？」

「ルイナとの件よ。少し考えただけで分かるわ。あなたがルイナに引き抜きの条件で提示された『地位』を」

　クエナは賢い。

　だからあの場での会話を聞いていなくとも、なんとなく想像することができるのだろう。

　あのキスの意味も。

「ルイナは本気よ」

「あの引き抜き条件が、か？」

「それもある。けど、なによりもジードに対して。あのキスはジードが考えている以上に重たい意味を持つわよ」

まるで脅すような口調だ。

それだけ重大なことなんだろう。

「ルイナは女帝だけど異性と関係を持ったことがない。そんな人がキスを捧げたのよ。本気でジードのことを取りに来るわ」

「気を付けておくよ。だが、ウェイラ帝国の軍隊と一戦した結果はクエナも知っての通りだ。無茶なことはして来ないだろうさ」

「武力行使の可能性は低いでしょうね。けど、他にも色々と手は考えられる。……ただ私が言いたいのは別」

クエナの頰が朱色に染まる。

恥じらいが垣間見える。だが、目には覚悟と確固たる意志があった。

「リフは嫌な気分になるでしょうけど、私は別にジードが引き抜かれても構わない」

「それってどういう」

「あなたがウェイラ帝国に行くなら私も付いていくわ。今の私の目標は一つ」

「ルイナに認められることじゃなかったのか？」

俺の問いにクエナが首を左右に振った。

揺るがない芯を感じさせる目で俺を見つめる。

「もうルイナには認めてもらった。だから今の私はジード、あなたよ」

「俺？……だが、俺はおまえとシーラをパーティーのメンバーとして認めたはずだが」

「ううん。私はあなたと……肩を並べて戦える存在になりたいの」

言われて、どこか心が安らぐ気がした。

肩を並べて戦う。そんな存在、俺には一度もいなかった。

得難い居場所を見つけたような……そんな気持ちが心を過る。

「……そうか。楽しみにしてる」

「ええ、待ってなさい。必ず追いつく。油断していたら追い越すんだから」

クエナはそう陽気に笑った。

後ろに気配を感じる。

「ど、どこから現れたのよ、ユイ！　急に出てきたらビックリするでしょうがっ！」

シーラが驚きに声を挙げる。

「いや、こいつはこれがデフォルトだ。本当ならもっと上手く気配を隠せているだろうよ」

「ん」

ユイが人差し指と中指を立てて、自慢げにピースのサインを作って前に出す。

それにシーラが「あんたピースとかできたのね……」とか言っていた。

「ジード、依頼」

「ああ。リフのところに行くか」

そろそろ待ち合わせ時間になる。

改めてクエナとシーラを見る。

「じゃあ気を付けろよ」

「あなたもね。……って、あなたには不要な言葉かしら」

「うぅ……。ジードも気を付けてね！　何かあったら呼んでねっ」

別れの挨拶を済ませて、ギルド本部に入る。

そこから階段を上っていく。

「ジード」

ユイが後ろを付いてきながら声をかけてきた。

「なんだ？」

「ルイナ様は妾（めかけ）も構わないと仰（おっしゃ）っている」

「…………急にどうした？」

「クエナとシーラ」

先ほどの光景を見ての言葉だろう。

いや、ずっと前からだろうか。とくに禁忌の森底でユイはシーラが俺の寝こみを襲おうとしたところを見ていた。

しかし、そうだな。

クエナとシーラの好意については、なんとなく理解している。

人と関わりの少なかった俺でも、彼女たちほどストレートなら気が付ける。

「あの二人には必ず応えるよ。だが少なくとも、それはエルフ支部での依頼が終わってからだ。……あと、だからと言ってウェイラ帝国に行く訳ではないからな」

「ルイナ様が狙っている。だからジードは来る」

「単純だな」

クエナにも似たような事を言われたな。

やはり、そう思わせるだけのカリスマ性のようなものがルイナにはあるのだろう。

ギルドマスター室。
そこで俺とユイは来客用の椅子に座って待っていた。

「遅いのー」

リフは相変わらず幼児用の椅子に座っており、机に突っ伏して愚痴っている。

「遠方から来てるんだろ？　なら仕方ないさ」

「そうは言っておられんのじゃ。かなりマズい事態になってるでの」

「マズい事態？」

不穏な言葉を拾って返す。

しかし、リフは様子を変えずに続けた。

「全員が揃ってから話すでの」

「なら、もう話していい」

俺が言うとノックの音が響く。

リフが起き上がって「さすがじゃの……」と言いながら扉に顔を向ける。

「入るのじゃー」

「失礼します。遅れてしまい、申し訳ありません」

フィルだ。

どうやら一人のよう。

「やはりソリアは来れそうになかったようじゃの？」

「ええ、多忙を極めておりまして、遅れて来るそうです」

リフとフィルの間では話が通じているようだ。

今回の依頼はカリスマパーティーが受けたもの。メンバーの事情は自然と違う。

「何かあったのか？」

「ソリアが真・アステア教に宗旨替えしたのじゃ。それで挨拶回りやら信者に周知するための布教をしておる」

「ん、アステア教はどうなったんだ？」

「ほぼ解散状態だ。あんな事があれば当然だろう」

「大変なんだな、おまえら」

スフィも忙しいわけだ。

一応、シーラの勧誘でクエナや俺のパーティーに入っているが顔を出していない。

連絡は取り合っているようだが、真・アステア教が急拡大中の今は仕方がないだろう。

「それじゃあ適当に話していくかの」

リフが中央に窪(くぼ)みのある四角いマジックアイテムを取り出す。拳くらいの大きさで半透明の水色だ。

それをリフが突っ伏していた机に置いた。

「これは転移のマジックアイテム。これを使って直接エルフ支部に行ってもらうのじゃ」

「直接行くのか？」

「うむ。エルフは外界の干渉を拒んでおる。道の舗装も完ぺきではない上に遠いのでな」

「……干渉を拒んでいるって、それ俺たちが行っても大丈夫なのか？」

「そこが先ほど言ったマズい事態じゃ」

　ここで話が繋（つな）がったようだ。

　リフが表情を曇らせる。

「今、エルフの里にある他種族の組織はギルドしかない」

「おいおい、ってことは人族しかいないのか？」

「それも一人で維持しておる」

「よく一人で回せるな」

「優秀じゃからな。エルフの嫁を貰（もら）っておるから粘っておるようでの。しかしエルフの里から請け負った依頼を度々失敗してしまい、じわりじわりと追い詰められておる」

　そんな事情もあるのか。

　依頼を受けるということで、予（あらかじ）めエルフについては調べてある。

　先代の勇者の活躍によって、エルフの里は他種族を受け入れ始めていた、という話だった。

　しかし。

「上手くいってないのですか？」

フィルが問う。

「うむ。十数年前から怪しい気配はあったが、ここ数年でほとんどの組織が撤退しておる。そして、いよいよギルドもマズい事態になってしまったわけじゃ」

「人見知りもここまで激しければ不気味だな」

ギルドも対処はしていたのだろう。

Aランク、Sランクのパーティーがエルフの里で依頼を受け、失敗している。

だから俺たちを呼んだ。

「最後の切り札というわけじゃ。もう一歩も引き下がれん」

「プレッシャーだな」

「微動だにせず言えるあたり皮肉じゃの？」

「難易度が分からないから怯えようもないしな」

エルフの里には一度も行ったことがない。

さらに言えばエルフという種族は一度も見たことがない。

どれくらいの強さかを知っていればリフの想像通りの反応もできていたかもしれない。

しかし、意味もなく恐れるのは愚かだ。臆病も過ぎれば適切に対応できず死んでいく。

「然らば向かってもらおうかの。マジックアイテムに触れよ」

リフを除いた全員が手を添える。

フィル、ユイの顔には一切の恐怖はない。

それにリフが満足そうに頷く。

「お主たちならばやってくれると信じておる。あちらに着けば支部員が出迎えてくれる手はずになっておるから、説明はその者から受けるがよい——頼んだぞ」

視界が明転する。

転移の兆候だ。

それから場所がギルドマスター室から移り変わる。

一言で表すなら静寂。

本部とは比較にならない、受付の小ささ。広さも十人が限界くらいのスペースしかない。

しかし掃除が丁寧にされており、観賞用の花鉢も置かれている。——この部屋で待っていた男性が行き届いた仕事をしていると一目で分かる。

「ようこそ、カリスマパーティーの皆様！　あ、仮称でしたね。えーと。ジードさん、フィルさん、ユイさんですね。ソリアさんはご不在のようですが、すでに話は承っております」

俺たちを出迎えた三十代ほどの男性が深々と頭を下げる。

「私はルック。このエルフ支部にて支部長をしています。皆様をお待ちしておりました」

「話は聞いています。早速ですが依頼の内容および依頼書をお願いします」

フィルが対応する。

言われてルックが受付から三枚の依頼書とペンを渡してきた。

依頼内容を見る。

「近く、エルフが祀(まつ)っている神樹が開花する時期に入ります。その際に大量の樹液を確保するので、採集作業を魔物から守っていただきたい。というものです」

話を聞く限りでは簡単そうだ。

しかし、そう易々(やすやす)とクリアできないから俺たちが呼ばれている。

「魔物からの護衛か。具体的にはどうすればいいんだ？」

もっと深く依頼の事情に切り込む。

怯えも恐れもしないが、油断はせず慎重に進めていこう。

「基本的には開花した神樹に近づく魔物を片っ端から撃退してもらうことになりますが、難関は森中の魔物に樹液を分配する作業かと思います」

「魔物にも渡すのか？　エルフだけじゃなく？」

「はい。神樹はこの森の全てに恩恵を与えてくれる存在。それをエルフだけで独占してはならない、という古(いにしえ)からの掟(おきて)があるそうです」

「なるほどな。だからといって魔物が大人しく待っててくれるわけもないか」

樹液を分け合うのはエルフが決めた掟だ。

当然だが魔物にそんなルールは通じない。樹液とやらは価値があるものらしいから——

「——奪おうとする魔物も少なくはないです。神樹の樹液は魔力を増強し、身体(からだ)を健やかにしてくれるので」

「魔力の増強ですか。それはすごいですね」

「ええ。しかも神樹から溢(あふ)れる魔力に影響されて、周辺で発掘される魔力石なんかはマジックアイテムの高純度の動力源になります」

魔力石。図書館で見たことのある単語だ。

これがあれば魔力なしでマジックアイテムを扱うことができるため重宝されている。

地面などにある普通の石が魔力を吸収して、その内に魔力を宿したもの。

普通に生産することもできるが、よほど大量の魔力か、高度な魔力操作を会得している者でなければ、純度の高い魔力石を造るのには時間を要する。

「道理で」

一人で納得する。

実はエルフの里に入った瞬間から探知魔法の範囲を広げていた。

地面には無数の魔力石。周囲の木々にも魔力が宿っている。

そして里の中心部にある巨大な一本の樹木。間違いなく、それが神樹であると確信を持てる。それほどの生命力と雄大さを感じ取れた。

「それでは、ひとまず皆様の滞在する貸家にご案内します」

転移のマジックアイテムがあるからクゼーラ王国とエルフの里を簡単に往復できる。

だから泊まる必要はない。

だが、神樹の開花するタイミングが不明な以上は常にエルフの里にいるのが万全だということで、今回は貸家を用意してもらう手はずになっていた。

ギルドのエルフ支部から外に出る。

冷たい風が肌を震わせた。

「高い」

ユイが無表情を貫きながら言う。

たしかに巨大な木が連なっている。優に十メートルを超すものもあるんじゃないか。

茶色と緑が織りなす雄大な光景が眼前にあった。

「それでは向かいましょう」

ルックが言い、俺たちは付いていく。

住まう者がエルフだけ、ということで道すがらに看板の一つすらない。

かなり閉鎖的らしい。

俺たちのことが物珍しいのかチラチラと視線を感じる。

かくいう俺もエルフは初めて見る。長い耳以外は人とあまり変わらない。あとの違いと言えば、どのエルフも落ち着いた魔力を宿している。

「店と思しきところも何を営んでいるのか書かれていませんね。私たちは当然ですが、これだとエルフたちも流石に不便じゃないのですか？」

フィルが問う。

店らしき建物は商品を値札と共に出してはいるが。

「彼らは長寿ですから互いの事はよく理解しております。何屋なのかどころか、その店の住人が誰であるかも分かります。かつて他種族が多くいた時は道案内の標識もあったものですが、今となっては撤去されていますね。私も把握しておりますので、なにか必要の際はご相談ください」

随分と詳しい。

それだけルックがエルフという種族を理解しているということか。

たしかエルフの嫁をもらったという話だし。

「さて、着きました。ここが皆様にお泊まりいただく貸家です」

言われて見ると、大木の洞を利用した住処があった。

扉は人並みのもので些か小さいように感じるが。

ルックが開けて中に入る。俺たちも後に続いた。

「皆様にはもっと豪奢な場所でなければ申し訳ないと思いつつも、なんとか知り合いから借りてまいりました」

　中は豪邸のような広さだ。

　暖かな灯り、広いリビング、螺旋状の階段で二階にも上がれる。

「良い部屋だな」

　素直な感想を口にする。

「ははは、ジードさんほどのお方に言っていただけると頑張った甲斐があります」

　なにやら買い被られているようだ。

　俺が普段泊まっている宿はもっと狭いのだが、まぁそれは言わなくても良いか。

「しかし、よく用意できましたね。私はてっきり野宿でもさせられるのかと思いましたが」

「ああ。エルフは外界との関わりを避けていると聞く。部屋を貸してもらえるとはな」

「……そうですね。たしかに、外聞はそうなっているかもしれません」

　ルックが少し悲しそうに言う。

　なにか誤解があるようだ。

「本当は違うのですか？」

「断じてエルフという種族が外の人間を嫌っている訳ではありません。友好的な者も少なくないです」

「じゃあ、どうしてだ？　今やエルフの里にある異種族の組織はギルドだけらしいが」

「エルフの有力者が他の種族との接触を好ましく思っていません。昔から外交や貿易などしていなかったエルフが、他種族から持ち込まれた商業的な話で大きな損害を受けた経験がありまして」

「失敗しても外のやり方を勉強して次に生かせば良いだろうに」

「ええ、そうです。その通りです」

ルックが力強く頷く。

なにやら彼にも思うところがあるようだ。

「それでは部屋割りやバスルームなどのご説明をした後に、神樹へと向かいましょう」

◇

「ある程度の道順は覚えていますが、さすがに不安になりますね」

フィルが言う。

エルフ支部、貸家、そして神樹まで。

たったこれだけの道のりも、かなり複雑だった。

なんとか自力で覚えていくしかないのだろう。

と言っても。

「まぁ、俺やユイは問題ないがな」

「なんだとっ。そんなに記憶力が良かったのか?」

「いいや、俺は探知魔法を使えばある程度は把握できる。ユイに関しては、ほら見てみろ」

ちょうどタイミング良く、ユイが幹に一筋の傷をつけた。肉眼で意識すれば辛うじて見える程度のものだ。

「なるほど、隠密部隊に所属していただけある。……私にもそのマークを教えてくれ」

「ん」

実質的なギブアップ宣言だ。

と、そんな会話をしていると、いよいよ探知魔法に掛かっていた輝くほどの魔力を放つ大樹が目の前に現れる。

「着きましたね。あれが神樹です」

その場所の中央に一本だけ鎮座し、他の大木は控えるように距離がある。

だが、周囲の大木の細長い枝——それでも人が何十人も上を歩けるほど太い——は神樹の枝と手を取り合うように絡み合っていた。

「これはすごい景色だな。ソリア様と色々なところを旅してきたが、ここまでの絶景はそうそうお目にかかれない」

ため息交じりにフィルが感嘆を言葉にする。

傍には守衛と、木造の守衛室が置かれている。それも景観の一つとして調和して実に美しい場所だった。

神樹に向かう。

守衛室を通りかかると、一人のエルフが顔を覗かせた。

「おお、ルックじゃないか。後ろにいるのが依頼を受けるって人らか？」

陽気そうなエルフが声をかけてきた。

知り合いらしい。

「そうです。神樹の見物に来たので通してもらえますか？」

「ん、今かぁ……。シルレ様やオッド様が来ているから後にした方が良いと思うぞ」

「……彼らが来ていますか」

両者の顔が険しい。

「誰のことです？」

「エルフ姫のシルレ様と、賢老会のオッド様です。どちらもエルフの有力者です」

「ああ、なるほど」

有力者と言えば外界との関係を断ちたい上の連中だ。

俺たちが顔を合わせるのは好ましくないのだろう。

「ん、だが、依頼者はそのシルレって名前じゃなかったか？」

依頼書を思い出し、問う。

たしかに依頼人の名前にシルレとあった。

「ええ、今回はエルフ姫直々の依頼になります」

「どうして俺らを嫌ってるやつらが依頼を出すんだ？」

普通に考えてエルフの里でギルドの存在感が増すような真似(まね)は避けたいはず。

「おそらく、何らかの妨害工作を行い、依頼を失敗させて我々ギルドの信頼を落としたいのだと考えられます」

「また古典的な方法ですね」

「それが有効打になるのです。実際に数多くの他種族の組織がエルフの里から撤退したのにも賢老会が関わっていると考えられます。賢老会と傘下組織は外との交流で特に経済的な被害を受けていましたので」

くだらない事は思いつくのに、どうしてその努力を別の方向に向けないのか。

保守的な方針は楽ではある。だが時代に取り残されてしまう。

「それでは、会わない方向でも構いませんか？」

ルックが問いかけてくる。

が、俺たちが答えるよりも先に神樹の方から一行がこちらに向かってきた。

エルフの誰もが恭しく頭を下げている。

「あちゃー……タイミングが」

ルックがバツ悪そうに言う。

このまま俺たちが踵を返しては余計に確執が生まれてしまう。

探知魔法に掛かっていた、特段に魔力の高い連中だ。

あれがエルフ姫と賢老会で間違いないだろう。

エルフ姫。

銀髪に翠の目を持ち、姫という位すら彼女には見合っていないと感じさせる、美しい妖精のような端整な顔をしている。それでいて身体つきは蠱惑的だ。

「おやおや、これはもしかしてギルドの方々でしょうか。依頼をお受けになった冒険者の」

エルフ姫の隣に居たローブを着た老人が声をかけてくる。

今回の依頼はギルドが俺たちを招集した。指名依頼ではない。

だから彼は俺たちのことを知らないのだろう。

「お久しぶりです、オッド様。こちらはジードさん、フィルさん、ユイさん。ギルドが厚く信頼を寄せている冒険者の方々です」

「これはご丁寧に。私は賢老会のメンバーのオッドと申します。この度は里のために依頼をお引き受けいただき、誠にありがとうございます」

表面的な態度は社交的だ。

だが、どこか機械的で周到な立ち居振る舞いをしているようだ。

予め賢老会の風評を聞いていたからだろうか。どうにも良いイメージを持てない。

「こちらはエルフの姫であらせられる、シルレ・アールア様でございます」

オッドの傍らで威風堂々と構えていた美女が紹介される。

シルレは不機嫌そうにこちらを見て、

「いないよりはマシと思って依頼を出したけど、あまり期待できそうにないわね」

そう言い放った。

不思議と、彼女は達観したような物言いだった。

ルックが前のめり気味に反発する表情を向ける。

「失礼ながら、シルレ様。彼らは今回の依頼を必ず達成できるほどの――」

「たしか前回のパーティーでも似たようなことを言っていたわね」

「それは……！」

さらにルックが弁解しようとするが、シルレは俺たちを一瞥して通り過ぎて行く。オッドも後に続く。

ニヤリ、と俺たちに対して不気味に笑んで。

「軽視されてるようだな」

「すみません。どうにもこれまでの依頼の失敗が影響しているようで、信用を得られていませんん。皆様には不快な思いをさせてしまいまして申し訳ありません……」

ルックが深々と頭を下げる。

隣に居るエルフの守衛も気まずそうな顔をしている。

「昔はシルレ様もあんな風じゃなかったんだがな。妹のラナ様が姿をくらませてから、かなり荒れているようなんだ。すまないな」

色々と事情があるようだ。

単純に外の人間だからと疎まれているのかと思ったが。

「まぁ、俺としては依頼だからな。どちらにせよ仕事なら全力でやるよ」

「……」こくり
「そうだな。……ソリア様がいないとやる気が出てこないが」

「そこはしっかりやれよ」

相も変わらずソリア好きなことだ。

それから俺たちは神樹に近づいていく。

◇

神樹は近くで見ると、もはや何だか分からないほど巨大だ。見上げても天辺が見えないし、横に広がる枝葉を見ても果てまで続いているような錯覚すら覚える。

枝からは緑色の皮をかぶった、先端部分が黄金色の実が生っている。

さらに竜の首よりも太い幹があり、樹皮の間からは黄金色の濃厚な魔力の詰まった樹液をこぼしていた。

それらはエルフたちが設置した樽へと注がれている。

「これが樹液か。開花前でもとれるのか？」

「ええ、少ないですが常に一定量は。四、五年に一回、開花の時は神樹のいたるところから樹液が溢れ出すので、魔物が殺到するんです」

「へぇ」

近くには樽が結構な数、積まれている。

今でも濃密な魔力を感じるが、さらに開花と言われる現象が起こる。

樹液を求める魔物は多そうだし、エルフのエルフ姫や賢老会が仕掛けてくるであろう妨害工作がなくとも難しそうな依頼だ。

「すこし飲んでみたいですね」

フィルが口元を綻ばせながら言う。

香ばしく美味しそうな匂いが樹液から漂ってくる。

「今はダメですが、分配が完了すればエルフの里で祭りが行われます。その時に飲めますよ」

「へぇ、そりゃ楽しみだ」

依頼が終わったら貰うとしよう。

それから俺たちは神樹から離れ、貸家に戻ることにした。

◇

夜も深くなった。

髪をタオルで乾かしながら風呂場を出て、共有空間のリビングルームに戻る。

するとフィルとユイが取っ組み合いをしているのが見えた。

「ジード、ようやく出たか。まったく苦労したぞ」

ぜぇぜぇと疲弊した様子でフィルが言う。

彼女はユイを羽交い締めにしていた。

「なにやってんだ？」

「ユイが風呂場に行こうとしていたので止めたのだ。まったく、なにを考えているのやら……わっ！　おまえの身体柔らかすぎないか!?」

フィルが力で強引に押さえていたようだが、あっさりとユイがすり抜けた。

のっぺりとした顔をしながらユイが口を開く。

「主の身体を洗うのは当然」

「な、なんだ主って？　おまえたちそういう関係だったのか!?」

「……どういうことか俺にもさっぱりだ」

「ルイナ様の夫。いこーる私の主」

信じられないものを見るような目でフィルが俺を直視する。

心が痛い。

「勘弁してくれ。夫じゃないし、おまえの主になるつもりはない。何度も言うがウェイラ帝国に行く気はない」

「………………」

「せめて何か言ってくれ。怖すぎる」

マズいな。このことは想定していなかった。

ユイは何度も俺のことを襲おうとした前科がある。

個人的には嬉しくはあるが、仮に手を出してしまえばルイナが社会的に責めてくるだろうし、シーラは尋常じゃない嗅覚で問い詰めてくるだろう。

……俺にはまだ覚悟ができていない。

「ふっふっふ。ジード、私の職業を忘れたか？」

フィルが不敵に笑う。

なんだこいつ。

「ソリア大好きっていう職業」

「そんな仕事ないわ！　あったらトップを取れるが残念ながらない！…………作るか？」

「俺から言っておいてなんだが、正気か……？」

「正気だ。しかし、問題はどうやって利益を生み出すか。サクラとしてなら雇われることもできるか……？」

ヤバい。

変なスイッチを押してしまった。

フィルはぶつぶつと何やら呟いている。

「俺が悪かったから戻って来い。本題に戻ってくれ」

「ぬぅ、そうだったな。改めて問おう。私の職業が何か思い出してみろ」

「冒険者と、剣聖？」

「【剣聖】は二つ名に過ぎん。本職は騎士だ！」

腕を組んで仁王立ちをかますフィル。

彼女が言わんとしていることを確認する。

「ということは？」

「騎士とは護衛のプロでもある。特に私はソリア様の最側近！　守るのには慣れている。だから、エルフの里にいる間は私に任せておけ。おまえの身の安全は私が保障してやろう！」

「おお……。頼もしすぎて輝いてるぞ、今のおまえ……！」

フィルの背から後光が差してやがる……！

俺が風呂に入っている時もずっとユイを止めていてくれたようだし、実際にフィルには随分と助けられた。

……まぁだが。

やっぱり不安だから探知魔法をずっと展開していよう。

そう思って魔力を広げる。

「……ん、なんだこれ」

すると変な動きを感知した。

ギルド支部に資料整理をしている様子の魔力反応がある。これはルックだろう。

しかし、妙だな。

ギルド支部を囲うように数名が気配を消して近づきつつある。客人……か？

「どうした？」

「？」

フィルとユイが俺を見る。

「ギルド支部に変な気配があってな」

「向かうか？」

「いや、客かもしれん」

「……こんな時間にか？」

訝し気にフィルが言う。

言外にあり得ないだろうと言っていた。

「それもそうだな。転移で支部の前まで行く。手を握ってくれ」

両手を差し出す。それぞれの手をフィルとユイが取る。

明転。

同時に悲鳴が一帯に響いた。

「うわあああ！　な、なんだ、おまえら！」

支部の中から。

ルックの声だ。

「フィル、ユイ」

「分かってる。行け」

「……」こくり
　まだ外に怪しい気配が幾つもある。

　しかし、それらは既にフィルとユイも認識しているようだ。俺がなにも言わずとも気配の方を睨(にら)みつけている。

　彼女たちに任せて俺は支部の中に入る。

「ジ、ジードさんっ！」

「……ちっ」

　ルックが肩の傷を手で押さえながら俺の方を見て叫んだ。

　黒い衣装で顔を隠した暗殺者らしき男たちが俺へ振り向く。数は三人。

「ま、客じゃないわな」

「死ねッ！」

　一人が短剣で俺へと迫って視界を奪う。

　その隙にもう一人は弓、もう一人は魔法で俺を狙い撃つ。

　良い連係だ。

「物騒だな」

短剣を素手で掴んで男を宙にぶら下げる。迫ってくる矢と魔法は男の背で受け止める。

「ぐぁっ!?」

「き、貴様っ！」

魔法を放った男が反射的に口を開いた。

俺の行動が意外だったようだ。短剣を持つと想像していなかったのだろう。

「まだやるか？　こいつ死ぬぞ？」

「……くっ。卑怯な！」

「どっちがだよ。俺らが来なきゃルックを殺す腹積もりだったんだろ？」

「……」

俺の言葉に魔法を使う男が黙る。

と、思ったが弓のやつはお構いなしのようだ。

「たとえ死のうとも我らは任務を成し遂げる！」

「おいおい、まじかよ」

容赦なく矢を放ってきた。

仕方ない。短剣男を地面に放り投げて矢を掴んで止める。

バキッと矢をへし折って木くずを手に持つ。

「ちと、痛いかもな？」

木くずに魔力を乗せて弓男に投げる。

弓男の身体（からだ）に幾つも小さな穴ができる。

「ぐぁっ!?　い、いてぇ……！　死ぬ……！」

「バカか、短剣のやつよりマシだ。そんで、おまえもやるか？」

魔法男の方を見る。

ふるふると首を左右に振ってこれ以上の戦闘を明確に拒否した。

「よし。じゃあ顔見せろ」

「……ああ」

魔法男が顔を見せる。

長い耳。エルフだ。

「ルック、大丈夫か？」

「ええ、なんとか。でも、どうして襲われると分かったんですか……？」

「偶然だ。……俺を襲おうとしたユイに感謝したほうが良い」

一連の出来事を思い出して言う。

あれがなければルックが襲撃されることも気づけなかった。

「は、はぁ。なにはともあれ助かりました」

「ああ。それよりも、こいつらの顔に見覚えは？」

ルックが首を傾げる。

「うーん……ないですね」

「そうか。面倒だな」

そんな会話をしていると支部の中にフィルとユイが入ってくる。

外には意識を失った黒ずくめの男たちが倒れていた。

「ルックさんは無事のようだな。こっちも終わったぞ、ジード」

「そのようだな。さて、それじゃあ」

魔法男を見る。

目が合うとビクリと震えた。

これから自分がどうなるのか理解できているようだ。話が早い。

「すんなり口を割ってくれると助かるんだがな」

そう呟くと、後ろから歩いてくる一団の気配があった。

見知った魔力もある。

振り向くと昼間に会ったシルレとオッドがいた。護衛のエルフたちも一緒にいる。

「騒ぎを聞き、やって来た。これは一体どういうことだ?」

オッドが開口一番にそう言った。

周囲には黒ずくめのエルフたちが倒れていて、ギルド支部の中は荒らされている。

「きゅ、急に彼らが襲ってきたんです。ジードさんたちは偶々居合わせて助けてくれました」

「……ふむ。あなたは？」

「……」

シルレが魔法男を見て説明を求めた。

しかし、顔を青ざめさせながら口を開こうとしない。

まるで何かに怯えているような。

「シルレ様、この様子では満足に会話もできそうにありませんな。ここはどうでしょう？牢屋に放り込んで尋問するのは」

「しかし、それでは……」

シルレが意見を出そうとすると、オッドが睨みを利かせた。

なんだ？

シルレが押し黙り、頷く。

「そう……ですね。夜も遅い。無駄にみんなを不安にさせたくない。連れて行きましょう」

「待ってくれ。この場ですぐにルックが襲われた理由を吐かせなければ、次またいつ襲ってくるか分からないだろう」

勝手に進んでいく話に待ったをかける。

フィルも続いた。

「彼らは手練れのようで、組織立った動きでした。ルックさんが狙われているのは確かです」

「では、エルフの里から護衛を付けましょう。それで如何ですかな？」

オッドが妥協案を出す。

しかし、ルックが首を横に振った。

「いえ。それには及びません。自分の身は自分で守れますので」

「そうですか、そうですか。では、我らはこれで」

オッドとルックは互いに軽い笑みを浮かべている。だが、その表情とは裏腹に水面下では別の感情が渦巻いているようだった。

オッドが踵を返す。護衛たちが黒服の連中を抱えて連れて行く。

残ったシルレがこちらを見た。

「悪いことは言いません。あなた方では依頼を達成できないでしょう。それに、エルフの里にいても危険なだけです。人族の領地に帰りなさい」

それは警告の色をにじませた言葉だった。

「心配ありがとな」

「なっ。わ、私は別に気遣っては……！」

シルレが恥ずかしそうに顔を赤らめる。

否定しようとしているが。

「――一連の会話と今の言葉で見えてきた。おまえはこの暗殺には関わっていない。そして恐らく、今まで外部の組織を追い出したことにも」

シルレは俺たちやギルドに気を配っている。

言葉が刺々しいのは訳があってのことなんだろう。

むしろ怪しいのは……

「……変に詮索はしないことです」

すとん、っとシルレの表情が曇る。

やはり何かあるようだな。

シルレが踵を返す。

彼女の背に言葉を放る。

「受けたからには達成するぞ、依頼」

「……」

返事はなかった。

だが、あれだけ立派な耳を持っているんだ。聞こえているだろう。

シルレが帰路に就き、その場には俺、フィル、ユイ、そしてルックが残された。

「大丈夫か？」

「ええ、妻が治癒魔法に心得があるので帰って見てもらいます」

傷は酷（ひど）くはなさそうだが、根性のあるやつだ。

しかし、俺の『大丈夫か？』にはもう一つの意味がある。

「傷もそうだが、護衛は要らないのか？」

俺が言うと、ルックが苦笑いを浮かべた。

「実はこれが初めてじゃないんです。今日は資料や報告書の整理で遅くまで残っていた隙を狙われましたが、普段は嫁の家族が守ってくれているんですよ」

「苦労の多そうな話だな。しかし、あんなやつらと渡り合うとか嫁の家族は何者だ」

「はは、そうジードさんが言ってくれてたって自慢できますよ。昼に会った守衛を覚えていますか？」

「ああ、覚えてるが」

「あれは祖父です」

「…………エルフは長寿だったな」

歳（とし）はルックとさほど変わらないように見えたが、どうにもエルフという種族は年齢が分からないし距離感も掴めない。

「よいしょ」

　言いながらルックが荒らされた書類を片付け始めた。

「俺も手伝う。フィルは先に戻っていてくれ。下手に待ち伏せされていたり、変な罠を仕掛けられないよう貸家を見ていてくれ」

「分かった。しかしユイは……あれ？　あいつどこ行った？」

　フィルが辺りを見回す。

　ユイの姿はもうここにはない。

　探知魔法に掛かっていた状況を説明する。

「あいつならシルレやオッドの後を追っていったぞ」

「後を？……なるほどな。じゃあ、私はもう帰るとしよう。ルックさんの自宅までの護衛はおまえに任せる」

　言うとフィルも部屋から出ていく。

「夜遅くまで残ってやってた作業ってのはこれか」

　ルックの手伝いで紙を拾いながら言う。

「……ええ。諦めきれませんから」

　書かれていたのは、エルフの未来を思い描いて必要とされるであろうもの――。

　彼の想いは大きいのだろう。

「じゃあ早いところ行こうか。傷は浅いようだが、おんぶでもするか？」

「そ、それは大丈夫ですっ」

ルックがすこし恥ずかしそうに両手を振って拒み、傷のせいで「痛っ」と天然のような反応をかました。

それからルックを家まで送り、俺は貸家に戻った。

——そこは陰湿な部屋だった。

室内を照らしているのはドーナツ型の円卓に載った数本の蠟燭（ろうそく）のみ。

それをぐるりと囲むように数人のエルフが座っている。

男女バラバラではあるが、全員の見た目が老けていた。

エルフの長寿という特性を鑑みれば数百、数千年も生きている者までいることになる。

「……で、命は取れなかったと？」

「まったく使い道も分からんゴミどもだな」

手厳しい意見が円卓の中央で立ち尽くす黒ずくめの男たちにぶつけられる。

それはルックを襲ったエルフたちだった。

「も、申し訳ありません。想定外の助太刀が入り、どうにもできませんでした。彼らは凄腕で」

「弁解など良い」

「ですが、彼らは必ず賢老会の巨敵として……ぁ――！」

なおも弁解を続けようとした男の左胸に光の矢が突き刺さる。

それは賢老会の一人が放ったものだった。

「我ら賢老会に忠告？　貴様らがどれだけ生きてきたというのだ。最も古くから生きる我らに盾突こうなど愚の骨頂だ」

「然り。知において我らの右に出る者はおらん」

矢を受けた男は血を流し、絶命する。

「我らはおまえたちを生かすために考えておる。だから、おまえたちも我らのために事を成すべきなのだ。分かるな？」

黒ずくめの男たちは頷かなかった。

その代わり、もう一人が前に出て言う。

「……いい加減にしろ！　俺たちはおまえらの道具じゃない！　シルレ様の妹君を返し、おまえたちは賢老会を解散して――！」

言いかけ、また光の矢が飛ぶ。

だが、それは跳ね返された。

黒ずくめの男たちが一斉に各々の武器を持つ。剣、槍(やり)、弓、魔法。

「もう許さない。ここで俺たちは独裁主義の賢老会を……なっ!?」

反旗を翻そうとした男たちだが、ドーナツ型の円卓の内側を囲むように半透明の結界が浮かび上がる。

賢老会の一人、オッドが言う。

「言っただろう。我らは知的生物の中でも最も長い時を生きている。貴様らのような若輩が敵(かな)うはずもない」

「――うあああぁぁッ!」

結界の色が濃くなり、黒ずくめの男たちが跡形もなく姿を消した。

床には焼け焦げた跡が残っているだけ。それは彼らの命が消えたことを表していた。

「消耗品如(ごと)きが逆らおうとはな。やはり外部勢力の排除を無理やり推し進めたのがマズかったのではないか?」

「ふん、そうでもしなければ我らが食い物にされていた。致し方ないだろう」

「その通り。卑劣な策を弄した下等生物を追い払ったに過ぎん」

自らの行いは正しい。

先に黒ずくめの男たちに使った魔法も伝承がほとんど途絶えたもの。

それを扱える賢老会のメンバーは偉大である。というのが彼らの中での考えだった。

たかが数十年や百数年しか生きていない生物など以ての外。

反対の意見を口にされるだけで気分を害する。

「さて、それではギルドの連中はどうするかな」

「ルックとかいう男は面倒だな。身内や友人の協力でギルドの運営を続けている。嫁家族ごとエルフの里から排除するしかあるまい」

「我らが直々に赴くか？」

「まぁ待て、あの手駒どもが隙を突いたにも拘わらず殺せなかったのだ。新しく依頼を受けたというパーティーは少々面倒だ」

「ふむ、ならば例の計画を実行に移すか？」

「ああ、本来であれば冒険者ギルドを排除してからの予定であったが——ここまでくれば無駄な手間をかける必要もあるまい」

ニヤリ、と黒く笑う。

——その策は何年も前から準備が進んでいた。これまで外部の勢力を排除してきたのも全ては策を成すための布石。

「哲人政治という言葉がある。古来より国を導くのは知恵者の役目であった。このエルフの里を我ら賢老会が統治する『エルフの王国』に造り直す時が来たのだ」

「だが、シルレの処遇はどうする?」

一人が思ったままを言う。

しかし、一同は誰も不安がらない。言った一人も相好を崩した。

「ああ。あれは妹が行方不明でそれどころではなかったな」

わざとらしく道化た。

姫君シルレの妹は行方不明ということになっている。

だが、実際は違う。

賢老会が攫い、監禁していた。

全てはエルフの姫を裏から操るために。

「シルレも下手に逆らうような真似はしないだろう。だからこのままで良い」

「然り。事は全て上手く行く。我らこそが最上の生物なのだから」

そうして。

暗い笑い声が部屋に小さく陰気に反響する。

彼らが怪しい談議を行えるのも全て、この部屋に設置してある魔法陣のおかげだ。

いかなる侵入者も許さず、物音一つ外には漏れない。

そんなエルフの絶対的な魔法がある——

だが、一人の少女が彼らの声を聞いていた。

黒い髪がひらりと舞う。彼らを天井から見下ろしながら。侵入不可能なはずの場所で。

貸家にはユイも戻っており、フィルと会話をしている様子だった。

「……つまり？　エルフ全体が外界と関わるのを嫌っているということか？」

「否定」

「………えーと？　じゃあ？」

「あの暗殺は命令」

「…………なるほど。つまりエルフは外界の者を殺そうとしているわけか？」

「否定」

「……」

会話をしている……様子。あくまでも様子なだけだ。

全く通じ合っていない。

俺が帰って来たのを見るとフィルが涙目で懇願するように縋（すが）って来た。

「ジ、ジード！　私、あいつ苦手だ……！」

「そんなこと言うなって。慣れだよ、慣れ」

とりあえずソファーに座ってユイから話を聞く。

「それで、どうだったんだ？　なんか分かったか？」

「暗殺は命令」

「どこからの？」

「賢老会」

「なるほどな。エルフ姫は関わっているか？」

「否定。人質を取られている様子」

「そりゃまた。なんか怪しいとは思っていたが」

そこまで会話をして、フィルが目を見開いてこちらを見ていることに気づいた。

「なぜ会話できる……？」

「ユイは見たこと聞いたことを話してるだけだ。そこさえ理解できれば会話できる」

「ほー……」

フィルが腕を組んで眉間に皺を寄せる。ユイとの会話のシミュレーションでもしているのだろう。

改めてユイとの会話に戻る。

「じゃ、外部の組織を追い出そうとしているのは賢老会ってわけだな」

「高確率」

「面倒だな。エルフで他に有力な組織はないのか？」

「私の知る限りでは、賢老会はエルフの意思決定機関と言っても過言ではない。エルフ姫を除けば最も力を持っている」

そうなると厄介な存在だな。

場合によってはエルフ全体が敵になってもおかしくない。

「賢老会の目的はなんだろうな。それさえ分かれば動きやすいんだが」

ふと思って、呟く。

するとフィルが口を開いた。

「エルフ姫を傀儡にしているということは利益の独占だろうな。上に取って代わろうとしないのは名誉や立場を求めず、責任を転嫁できる地位で甘い汁を吸いたいからだ」

「よく分かるな」

「ソリア様と諸外国を渡って来たからな。国の中心部、根幹を見る機会が多かったのだ」

フィルがしたり顔でふふんっと鼻を鳴らす。

随分と役に立つ。

「さすが経験豊富だな」

「……」

フィルにぎょっとした顔で見られる。

「なんだよ？」

「いや、そんなに素直に褒められるとは思わなかったからな」

「俺にはないものだからな。そりゃ羨ましいし、称賛だってする。……慣れるまでもっとたくさん褒めるか？」

「や、やめてくれ」

どこか親しみの感じられる会話に口元が綻ぶ。

フィルも釣られて口の端を上げた。

「よかったよ。私はてっきり嫌われているかと思ったから」

「嫌う？　どうして？」

「出会いが最悪だったからな。いや、私が突っ走ってしまったからなんだがな……」

「まだそんな事を気にしていたのか。俺は別に良いって言ったろ」

と、言うがフィルは納得いかない様子。どうにも義理堅いというか、罪悪を重く捉えているのか。

まぁ、これ以上は続けても同じ話の繰り返しになるだろう。

「それよりもエルフ姫の人質の件だが、なんとなく怪しい場所がある」

「分かるのか？」

「ああ。エルフの里に来てから探知魔法を使っているんだが、一向に動く気配のない魔力が一つだけあってな」

「……とんでもない記憶力だな」

「エルフは人と違って数が少ないからな。しかも、その気配ってのが地中にあるんだ。だから覚えていた」

地中。それもかなり深い場所だ。

魔物の類かと思ったが違う。確実にエルフのものだ。

それが空洞の中から動かない。

「では人質を救出するか？　エルフ姫に引き渡したら味方に付けられるかもしれない。私は賛成だが」

「ああ。そのつもりだ」

「それで、誰が行くんだ？」

「私が行く」

ユイが言う。

自信があるらしい。

実際にユイならば任せてもいいだろう。だが、

「そこまでは細い一本道だ。マジックアイテムや魔法陣によるトラップが仕掛けられている。俺が行った方が確実だ」

「……」こくり

俺の言葉にユイが頷く。

無表情だが、どこか悔し気だ。

補足しておこう。

「賢老会への潜入と人質の情報を持ち帰って十分に仕事をした。よくやった」

「……」こくり

今度は軽やかに頷いた。

表情も和らいだ気がする。

「話し合いは済んだのか？　一体どう通じ合っているというんだ、おまえたちは……!?」

フィルの驚きに満ちた声をバックに、俺は「転移」と口にした。

明転。

視界が開けてくる。

薄暗い。そこは秘密の通路を抜けた先の地下深くにある粗末な部屋だ。

俺がクゼーラ王国の旧騎士団に捕縛されていた時のような、牢獄の部屋に似ている。

地上から遠いため空気も淀んでいる。

ベッドの上でのそりと小さな物体が動く。エルフだ。

人の年齢で言えば十代半ばほどだろうか。

鎖で壁に繋がれている。

「……間違いないな」

この状況、人質で間違いないだろう。

俺の独り言が聞こえたのか、ピクリとベッドにいた少女が起き上がる。

視界に俺が映り、目を見開いて口を開けようとする——が、俺は人差し指を自分の口元に持ってきて「シーっ」と閉じさせた。

手を床に当てる。

盗聴系のマジックアイテムや、転移型のトラップが組み込まれた魔法陣に魔力を放つ。

水晶なんかのマジックアイテムや五芒星の魔法陣の光が部屋中に満ち、パリンといった音が響いて消える。

「これで大丈夫だ。おまえはエルフ姫シルレの妹か?」

「……あなたは?」

シルレと同じ銀髪に、碧眼をしている。衰弱しているのか身体は細く、頬がこけている。

戦意のない警戒心をむき出しにしながら問い返された。

「俺はジードだ。訳あってシルレの妹を助けたい」

「私はラナです。ラナ・アールア……」

「妹で間違いないな?」

「はい。あの」

エルフ特有の長い耳を気弱そうに垂らし、首を傾げて尋ねてきた。

「なんだ?」

「あなたとお姉ちゃんはどんな関係なんですか?」

「どんな……って」

依頼主? ではないか。それは賢老会に当たる。

なら、どんな関係なのだろう。

「赤の他人だな」

「……赤の他人なのに私を助けるんですか?」

やはり戦意のない警戒心を向けられている。

無理もないか。

「ああ、そうすることで俺も助かるからな。ほら」

鎖を破壊して手を差し伸べる。

ラナは小さく静かに頷いて手を取った。

「いきなり明るくなるから目を閉じておけ」

「わ、分かりました」

「じゃあ、シルレのところに行くぞ――転移」

また明転。

シルレの魔力は覚えている。

その場所も把握済みだ。

明転が終わる。

豪華な家の前に立った。

さすがに勝手に中に入ると色々とうるさいだろうから玄関からだ。

「……――!」

ラナが瞳に涙を浮かべる。

「どうした?」

「……いえ、すみません。自宅を見るのは二十年ぶりなので……」

「…………おう、そうか」

見た目は若いが、一体何歳なんだろう。

というか、それほどの歳月も捕らえられていたのか。

おかしくなっても不思議じゃないが、なかなかタフなメンタルをしているようだ。

それからラナが家の呼び鈴を鳴らす。中からシルレの返事が聞こえた。すぐ来るそうだ。

「ん、使用人とかいないのか」

「ええ。どうしてです？」

「『姫』って付いているからさ」

「ああ、人族とは違いますね。エルフの姫は神樹が選ぶんです。だから私なんかはお姉ちゃんの妹ですが高貴な血は流れていません」

「へぇ……」

情報不足、というか。調べが足りなかったようだ。

扉が開き、中からシルレが出てくる。

パッと俺の方を見るが、すぐにラナの方を一瞥して息を呑んだ。

「……！」

手を口元に当てて目を見開き、がくっと膝を地面に落とす。

先に言葉を紡いだのはラナだった。

「シルレお姉ちゃん……！」

「ラ……ナ？」

「お姉ちゃん……！」

シルレが膝を使って前に出て、ラナも応じるように前に出る。

互いに抱き合って涙をこぼしていた。

それから俺はエルフ姫の家に通された。

たしかに王族然とした感じではなく、俺たちが滞在している貸家に似た雰囲気があった。

ラナは、シルレが呼んだエルフに介抱を受けている。

俺はシルレに応接室のような部屋に案内された。

「改めて、ラナを取り戻してくれて、ありがとうございます」

シルレが深々と頭を下げる。

気になったのは『取り戻してくれて』という言い回しだ。

「やはり賢老会がラナを誘拐したことには気づいていたのか」

「もちろんです。表立って攫ったとは言いませんでしたが、暗にラナを盾にして政は彼らの思うがままでした。私も傀儡の姫としてエルフの民に言葉を投げかけ、時に命じました。……外部勢力の追い出しも」

暗い表情だ。

ラナが戻ってきたからと全てを正直に口にしている。

だが、それらは既に承知の上だ。

「冒険者ギルドに依頼を出したのは、賢老会へのせめてもの抵抗でした。エルフの民の生活を守るには時に外の世界の力を借りることも必要です。もっとも、私の出した依頼は賢老会の裏工作で失敗続き。ギルドの発言力や影響力を弱めるのに好都合とばかりに利用され、立場のないギルドは里から追放される寸前ですが……」

依頼するシルレと失敗に追い込む賢老会、それぞれに別の思惑があったわけだ。

「それでも諦めずに依頼を出し続けたシルレの粘り勝ちってところだな。これで自由に動けるな？」

「ええ。もう二度と同じヘマはしません。あの時はエルフ姫になったばかりのことで油断しましたが」

「よかった。ならあらためて聞くが、おまえは冒険者ギルドのことをどう思っている？いや、外部の組織についてはどう思っている？」

「賢老会のように『悪』とまでは断言しません。ただ……」

「ただ？」

「『外部の組織』が第一に利益を重んじ、経済的に侵略されそうになったのは事実です。私たちの勉強不足とはいえ、賢老会が居なくてはエルフは食い物にされていたでしょう」

嫌味でも皮肉でもなく、ただシルレはそう言った。

過去に何があったかなんて俺には知る由もないが、何度も話に出てくるほどだ。よほどダメージを受けたのは事実なんだろう。

「つまりギルドも受け入れ難いか？」

「今は受け入れる体制にはありません。まだ、時間が必要です……」

「……そうか」

まぁ、ラナを助けたからと言って、こちらを支援したりバックについてくれるとは限らない。そこのところは分かっていた。

少なくとも賢老会の傀儡となって表立って敵になられるよりはマシだってだけだ。

「ただ助言はします」

その目は真面目一辺倒で。

怒らせるつもりはないとだけ分かった。

「――あなたたちはエルフの里から去るべきです」

「それはどうして？」

シルレが目を伏せながら、

「賢老会は千年もの時を生きる魑魅魍魎どもです……そちらのギルドから派遣されたSランクのパーティーも依頼失敗に追い込まれました」

ああ、そこに繋がるわけか。

冒険者だろうが何だろうが賢老会には敵わない。

前例があると俺たちのことも信じられないわけだ。

「言っておくが、前に来た奴らが失敗したのは関係ない。俺は必ず成功させる。そのために依頼を引き受けた」

「ですがっ、賢老会は決してしくじりません！　中には命を奪われた人もいました！」

感情を昂らせながらシルレが言う。

賢老会側から見てきた彼女だから分かるのだろう。

「じゃあ諦めろって言うのか？」

「そうは言いません。しばらく時間をください。私が賢老会を抑えます。そして外交、貿易などの技術、交渉術を何とかエルフ全体に浸透させ、あなたたちを迎え入れます。だから、それまで待っていてください！」

決心に満ち溢れた瞳だ。

その言葉に嘘はない。

しかし。

「悪いが俺は『今』依頼を引き受けているんだ。おめおめと逃げては俺たちを信用して送り出したギルドマスターに申し訳が立たない」

「……そんな」

「それに、うちのルックが夜なべして用意していたよ。外交や貿易に関する資料やらを。もしもこの依頼が成功すれば、シルレに渡すつもりなんじゃないか」

「本当ですか!?　それがあればエルフはきっと貿易を再開できますっ！」

　シルレが驚きに顔を染める。

　まぁ、彼女にとっては喉から手が出るほどに欲しい資料だろう。

「ああ。だから今しばらく待っていてくれ。俺たちは絶対に失敗しない」

「……分かりました。ラナを救ってくれたあなたを信じます。それにどうせ私も賢老会に反旗を翻すのですから、やるならとことんやりましょう」

　これでエルフ姫はこちら側についた。

第二話　依頼遂行のための

ラナの奪還とシルレが味方になったことを、フィルに報告した。

ユイは何やら奥の部屋で良い匂いを漂わせている。まぁ聞こえているだろう。

「敵は賢老会か。一体どんな妨害工作をしてくるのやら。ジードに何か考えはあるか？」

「エルフたちと世間話して回るさ。いつもと違う妙な動きがあれば噂になってるだろ」

「うむ、それが良いと思うぞ。私はルックに過去に潰された組織の話を聞いてみる」

「ああ。……ところでユイは奥で何をやってるんだ？」

我慢できずに尋ねる。

「奥で料理を作っているそうだ」

「夕飯か？　そういえば食べてなかったな」

ちらっと見てみるとキッチンになっている。

鍋やらフライパンやらを使って巧みに調理しているユイの姿が窺えた。

「私たちの分もあるそうだぞ。良かったな」

「へぇ、楽しみだ」

噂をすればユイがキッチンから鍋を持って出てきた。

テキパキした機敏な動作で次々に卓上に料理が並べられていく。

肉料理や魚料理、パンが置かれていく。

「どこに食材があったんだ？」

かなりの量に不思議に思う。

するとフィルが隣で言う。

「予め置かれていた。メモもあって『好きに使ってください』だとさ。念のために毒が盛られてないか確認もしたが問題なかったぞ」

「へぇ」

そして最後にスープも置かれた。

……気のせいか。なんだか変なデジャヴを覚える。

「くんくん。すー……あれ」

隣にいるフィルの表情が曇る。なにやら覚えのある匂いだったようだ。

フィルが、ぎぎぎ……と首を信じられない物を見るように回す。

「ユイ。気のせいでなければ、これには睡眠薬かそれに似たものが入っていないか
……？」

「うん」

「「うん!?」」

悪びれずに頷くユイ。

思わず俺も驚く。

「そ、そんなものキッチンにはなかったはずだぞ！」

「自前」

やべえ、こいつ。

なんのデジャヴかと思ったらシーラかよ！

もう安心して食べられるの露店のおっちゃんの串肉だけじゃねえか！　毒、効かないけどさ！

「い、一応聞くが何のために入れたんだ……！」

フィルが立ち上がりながら尋ねた。

「寝かせて、ジードを襲う」

「えぇぇい！　私がいる限りはそんなことさせないと言っているだろう！」

ユイに襲い掛かる。

その際に卓上の皿が揺れる。

「おっととっ」

両手で皿を上手いこと重ねてなんとか持つ。

味見と毒見も兼ねて、まずスープを啜る。

(おお、これは美味いな。それに毒も問題なさそうだ)

ユイが用意したとあってシーラ以上の怖さも感じたが、俺の身体なら対応できるようだ。

勿体ないから食べておこう。

ちなみにその後、毒なしをユイが作って改めてみんなで食べた。

そっちも美味しかった。

神樹は未だ開花していない。

だが、その日は近いだろう。

神樹の実が次第に大きくなっていき、先端の部分が割れ始めているからだ。

幹から出る樹液の量も増している。初めて見た時から明らかに魔力が多くなっている。

そんな中でフィルはエルフ支部にいた。三角座りをしながら部屋の隅っこで転移のマジックアイテムをまじまじと見つめている。ちょっと怖かった。

「なにやってんだ？」

たまたま出くわした俺はフィルに声をかける。するとフィルは死んだ目つきで俺を見た。

「……ソリア様が来ないのだ」

「ああ、そういえば二週間くらい経つからな。だからって今にも死にそうな顔するなよ」

「うぅ……心配だ……それに会えないだけで辛い……」

こいつ、やはりシーラに似たものを感じる。

俺にしばらく会えないだけで「ジード成分補充」とか言っていたし。こいつも類似する何かをソリアから得ているのかもしれない。

「まぁそのうち来るだろ。もしもソリアの身に何かあれば連絡があるはずだし」

「む。おまえは気楽だなっ。第一、なんだその両手にある串肉は！　めちゃくちゃエンジョイしているではないか！」

フィルが俺の両手――指の間に挟んでいる八本の串肉を見た。

「ははは、露店のおっちゃんのも美味かったが、エルフの店のも美味いぞ。食べるか？」

「いらんわ！」

毎日のようにエルフの里を回っていたが、みんなフレンドリーに受け入れてくれた。

「タダで食えるから良いじゃないか。おまえも貰ったらいいと思うぞ」

ラナを取り返した翌日から里は祭り状態になった。

どこにいたのか？　何をしていたのか？

奪還した俺にも質問が飛んできた。だが結局、賢老会が黒幕だという確たる情報はない。

「分からない」とだけ返していた。

それでも矢継ぎ早に「店に来てくれ！」だとか「恩返しを！」なんて言われる。

今でも道を歩いているだけで串肉をくれる程だ。

「……いらん」

プイっとフィルがそっぽを向いた。

が。

きゅるるー、と音が響く。

音の主はフィルの腹辺りだ。赤くなっている横顔が見える。

どうやら串肉の匂いに釣られたようだ。

「ほれ」

フィルの顔の近くまで串肉を持っていく。

すると涎を口元に垂らしながら、目を輝かせる。

「…………いらん。合流できないほど多忙なソリア様のことだ。満足に食べていないかもしれない。それなのに私だけが食べては申し訳ない」

「つってもユイの飯を食べてるじゃないか」

「必要な分だからだっ」

フィルは待てをされた犬よろしく首を左右に振って、串肉から意識を逸らしていた。忠犬と言うべきかバカ真面目と言うべきか……。

こんなに我慢されてはこっちまで食べられなくなる。

「そうは言ってもな、ソリアが来た時に守るだけのエネルギーはいるだろ？　腹いっぱい食べとけって」

「む……それは……たしかに」

「うん。だから食べてみろ。美味いぞ」

言うと、フィルは串を持つこともなく串肉を頬張った。

よし、と言われた犬のようだ。

「じ、自分で持てって」

「ふ、ふあん（すまん）……にほぃあよふて（匂いが良くて）……」

辛うじて聞き取れるが一杯に頬張っている姿は必死に食らいつく小動物のようで。

普段のこいつは【剣聖】と呼ばれて厳格なイメージを持たれているそうだが、俺にはまったく湧かなかった。

串肉を半分の四本渡して、俺も余った串肉を口に運ぶ。

「うむっ。これは美味いな」

「だろ。すげー美味いんだよ。さっぱりした薄口のタレが素材の肉を引き立ててるんだ」

うんうんと頷きながらフィルが食べている。

稀（まれ）にチラチラとマジックアイテムを見ながら、だが。

「ソリアが気になるのなら神樹は俺らが見ているから、行ってくると良いんじゃないか」

「それはダメだ。職を放棄することは……許されん」

フィルが騎士らしい真面目な顔つきを見せる。

だが、そこには迷いもあるようだった。ソリアへの忠節がそうさせるのだろう。

不器用な勤勉さだ。

「しかし、自分の勘は信じたほうが良いぞ。ソリアに何かあったと感じたなら行くべきだ」

「そんな勘はない。実際のところを言うなら私が寂しいだけだからな」

「おまえ面倒くさいな……いや、知ってたけど」

「反論できないから過去の私を殴りたい」

フィルがどんよりとした雰囲気を出す。

「……無理してるならソリアと一緒に居たら良い」

それはフィルの言う職を放棄することに当たるのかもしれない。

それでも、知名度を得てギルドの印象を良くして影響力を増して行こうってのがこのパーティーの役割のはずだ。

剣聖である時点で大きく貢献しているフィルに無理をして欲しくはない。

「優しいな。だが、そのソリア様からの願いなのだ」

「ソリアからの？」

「……おまえの力になって欲しいと仰っていたんだよ」

「力に？」

そういえば思い当たる節はある。

ユイに襲われそうだった俺を守っていたな。

「私たちはパーティーだ。しかし、一回目の依頼はおまえが一人で終わらせた」

「そんな時もある。気にすることじゃない」

「それだけならな。だが、私の目に焼き付いて離れないのはユセフを倒した時だな。下っ端の魔族共しか相手にできなかったのは……本当に悔しかった」

フィルの串肉を握る手がギュッと強く握りしめられていた。

「気にしすぎだと思うがな」

「そうか？　私やソリア様はそう思っていない。いや、ユイ……ひいてはウェイラ帝国だってそうだろう」

「ウェイラ帝国？」

「ああ。あの国はおまえを狙っているのだろ」

「……らしいな。それが？」

「ユイが送り込まれたのだって名前を売るためだけじゃない。ギルドから優秀な人材を引き抜くために潜入させたという側面もあるはずだ」

……ふむ。そう考えることもできるのか。

実際にカリスマパーティーは俺に加えて聖女として名を馳せているSランクのソリア、剣聖としての実績を引っ提げいきなりAランクにまで昇格したフィルで構成されている。

仮に全員が引き抜かれてもおかしくないの……か？

いや、知名度がさらに上がった時に総取りされればギルドにとっては痛手か。

腹の探り合いは慣れないから、まだ全員の思惑までは考えが至らないな。

「俺は当面はギルドにいるつもりだがな」

「今はそうだろうが、ギルドを離れるとしても勢力拡大を続ける選民主義の帝国には行ってほしくない」

「その言い方だと神聖共和国に勧誘されているみたいだな」

ははは、と冗談交じりに言う。

しかし、フィルは至って真剣な表情で俺を見た。

「だからソリア様は私だけでも先に行くよう言ったのだ」

「……え？」

「いや、ソリア様は意図してはおられなかったかもしれない。素直な気持ちからの指示だったのかも。しかし、スフィや真・アステア教の面々はウェイラ帝国をあまりよろしく思っていない。恩人のおまえを帝国なぞにとられたくないんだよ」

なんていうか。

水面下で色々と起こっているんだな。

俺は一切そんな情報を持っていない。さらに言えばそこには交ざれない。んでも。

「スフィは帝国を良く思ってないのか？」

話が脱線するが気になった。

「まぁな。神聖共和国、というより人族と魔族とは停戦をしているが和平に向かっているわけではない。あくまでも前魔王が結んだものだからな」

「ああ、今は魔王を決めてる最中だったな」

「ユセフもそのために魔力を集めていたが……。実際にあいつみたいに人族を虫けら同然に思っている七大魔貴族――つまりは魔王候補だっている」

「へぇ。だから人族なのに人族領内を荒らしてる帝国が目障りだと」

「もうちょっと言い方どうにかならないのか……。だが、その通りだ。不穏な様子を見せて内紛を起こして隙を見せてもしょうがないだろう。そういう意味では帝国はスフィ以外にもかなり嫌われているがな」

そういう見方があるのか。

俺としては種族を統一した方が動きやすい、とウェイラ帝国の肩を持たんでもないが。

実際にはそんな容易なことではないのだろう。

今、食べている串肉の味が国や種族ごとで違うように、文化の違いもある。万人が万人を受け入れることなど難しいのかもしれない。

面倒だな。俺は眉間に皺を寄せながら串肉を食べた。美味い。

隣でフィルも串肉を食べた。

「いや、やっぱりソリア様は単純にジードに好意を抱いているから私を向かわせたのかもしれない。自分よりもジードを支えろと……うーん」

なんて独り言を口にしながら。

◇

開花は突然だった。

深夜のことだ。

神樹に溜まっていた魔力が放出された。いや、噴火と言った方が正確か。

とにかく膨大な魔力が森を駆け巡っている。魔力の渦が森中を掻きまわしている。魔力に敏感な人は頭が痛くなるかもしれない。

支度をして「転移」と口にする。

視界の明転が終わると神樹近くに着いた。

慌ただしいエルフたちの姿が映る。

彼らの姿を鮮明に浮かび上がらせているのは月明りではなく――神樹だった。

黄金色の樹液が発光しながら徐々に重力に従い垂れている。

緑色だった実が虹色に染まっており、そこからも樹液がこぼれ落ちる。

甘美な匂いが一帯を包み込んでいた。

「すごい生命力だな。樹液から魔力が溢れ出ている」

目に映った状態をそのまま口にする。

これほどの魔力を伴う現象は見たことがない。

ふと、オッドの姿を確認した。

俺たちを見るや否や鋭く睨んできたが、すぐにニッコリと笑ってこちらに向かってきた。

「おやおや、来ていらっしゃったのですか」

「ああ。開花したようだったんでな」

俺が答える。

「そうですか。開花後は多くの魔物が寄ってきますが、根を詰め過ぎないようにしてください
ね。樹液の分配を終えるまでに一週間から半月は必要になりますから」

「そんなにかかるのか？」

「ええ。申し訳ありません」

「……いや。分かった」

疑問が浮かぶが、それらはオッドに確認すべきことではない。

オッドが神樹の方に向かっていく。

すると今度はルックが慌てた様子で息を切らしながら向かってきた。

「はぁはぁ……！　来ていらっしゃったんですね！」

「ああ、すごい光景だな」

「こうなったら、分配まで近いうちに行われると思います。大体、樹液の放出が一日程度で終わるので……！」

息を整えながらルックが言う。

「近いうち？」

「ええ。あとは樽(たる)に入れて、各地域に分けていくだけですから」

「……だろうな。時間をかけたら、この匂いと魔力量だ。途方もない数の魔物が樹液を狙って神樹に押し寄せてくる」

「ええ。ですので二日か三日以内には終わらせるはずです。大仕事になりますよ！」

そう。それが普通のはず。

しかし。

「さっきオッドと会った。奴が言うには一週間から半月はかかるそうだ」

「……え？　ああ、そういえば前の開花の時は一週間かかりました。ですが、あの時は賢老会側でのトラブルで一時作業が止まっていたはず。魔物たちの暴走もあって大きな被害になったのに……。だから昔から三日以内が普通なんですが……」

「そこだろうな」

俺が言うと、ルックがハッと何かに気づいた姿を見せる。

「まさか暴走する魔物の相手をカリスマパーティーに？」

「そうだろうな」

口調的に最低一週間は必要だと元から決定していたようだった。

「……そんな。この森の魔物は均衡が保たれているだけで数も質も自然のまま。人族の土地のように開拓していないから……！」

「ああ。探知魔法で匂いに釣られた魔物たちが溢れかえっていやがるよ」

もうすでに暴れている魔物だっている。

地面からは息を潜めているが呻き声もする。

もしこれが半月も続くとなると……

「や、やれそうですか……？」

「守備範囲が広くて面倒だな」

「それなら大丈夫です。里全体を守らなくとも、あくまでも樹液を詰めた樽さえ無事なら依頼は達成となりますから」

それは分かっている。

だが、

「……嫌な感じだな。前回は一週間で大きな被害があったんだろ？」

「はい。みんな、家族や友人を守るのに必死でした。私の見知ったエルフも死んだ者や行方知れずの者も多くいましたから」

「それなら冒険者も相当な手傷を負ったんだろうな」

「……？　いえ。その時はギルドに依頼は来ていませんでしたよ」

「しかし、数多くの高ランクパーティーが失敗したんだろ？」

「ええ、ただそれは別の依頼です」

てっきり同様の依頼が回されたのかと思っていたが。そうではなかったようだ。

「しかし、もしも依頼が出されていても失敗していたでしょう。一パーティーにどうにかできる規模を超えてましたから……」

「なら」

俺の背後に視線を配る。

「――おまえの出番のはずだ。妨害する賢老会を排除して、今すぐにでも樹液を分配できるようにしてくれ」

俺たちの話を背後で聞いていたのはシルレ。

彼女も開花を確認しに来たのだろう。ちょうど良いから伝えた。

「この件はエルフの民にも被害が出ます。……任せてください」

シルレも頷いてくれた。

なら、しばらく魔物を抑えるのが仕事になりそうだ。

◇

開花して一日が経過した。

既に匂いに誘われた魔物たちが里に来ては撃退されている。

俺たちもそれに協力した。

エルフにはエルフなりの規則があり、よほどの事態を除いては、魔物は殺さずに退けなければいけなかった。

それに何の問題もなかった。

二日目までは。

「しかし、本当にエルフ姫とやらを信じていいのか。あれは元々、迂闊にも妹を人質に取られてしまったんだろう。今回も失敗する気がしてしょうがない」

フィルが大木の枝の上に立ちながら俺に話しかけてきた。

周囲には戦闘態勢のユイや、エルフたちもいる。

「どうであれ、樹液に関して俺たちにはどうしようもないからな。任せるしかない」

「分かっているが、こう……ムズムズするな」

言いたいことは理解できる。

これが賢老会側の依頼妨害なのは間違いない。だからフィルとしても自身で何らかの策を講じたいのだろう。

「ルックに聞いたんだが、あいつが主導で樹液を樽に詰めている。今のところスムーズに行ってるらしいから問題ないだろうよ」

本来の権限はエルフ姫の方が賢老会よりも上だ。だからシルレが先頭に立って進めれば問題なさそうに思える。

問題があるとすれば、

「賢老会が黙っているとは到底考えられないが……」

「そこだな」

賢老会にとってシルレが意に反して動くのは想定外のはずだが、このままのはずがない。

シルレの最大の難敵は、俺らと同様に賢老会になる。

頑張って欲しいところだ。

「来たぞ」

フィルが言う。

遠くから土ぼこりを巻き上げながら百を超える狼の大群が押し寄せて来る。

口から唾液を垂らしながら。

当面の俺たちの仕事はこの魔物を止めることだ。

作業が順調に進み、樹液の回収も大詰めに差し掛かったころ。
――作業場の上空に複数の魔法陣が描かれた。
展開された魔法陣からは水魔法が放たれる。
だが、それは攻撃的なものではなく、ただ雨のように降り注いだ。

「……これは？」
シルレが呟く。「誰が？」や「なんの目的で？」などの疑問が含まれていた。
だが、答えられる者はいない。
誰もが呆然と頭上を眺めていた。
(作業の中断が狙い？　とにかく)
魔法陣を相殺するべく、シルレも火を放つ魔法陣を展開する。
水魔法の魔法陣は数も多く範囲も広かったがシルレはエルフ姫。
彼女の実力はエルフでも屈指。幾つもの魔法陣を軽々と展開した。
が。
問題はそこではなかった。
――シルレの魔法陣が霧散する。
「なっ」
これは。
咄嗟に思い当たる。
特定の対象の魔力を揺り動かし、魔法の展開を阻害する――古の魔法。
伝説クラスの魔法だ。
さらに極めれば人が内に秘める魔力すらも消し飛ばすことができる。が、それができるのは歴史上でも一人や二人程度――。
とにかく、シルレの魔法陣を霧散させたのは超高度の魔法だ。
これができるのは。
（やはり賢老会ですか。こんなことをして一体なにが……）
段々と視界に靄がかかっていく。
水魔法の魔法陣が濃い霧を作りだしていた。
さらに、爆音が響き渡る。
樹液の入った樽を積んだ馬車が黒ずくめの集団によって襲撃を受けていた。
しかも、まだ樽に詰める作業中の現場までもが襲われる。
「――っ」
濃霧で視界がきかない中、シルレや守衛たちも応戦を始める。
魔力の動きを阻害する魔法を強引に掻き消す。
襲撃してきた者たちに反撃する。
しかし――。
「くっ」
襲い来る魔物の対処で戦力は割いてしまっている。
そのため広範囲は守り切れず、じわりじわりと馬車や樽が壊されていく。

残されたのはほんの一部だけ。

もはや雨で薄まり、地面に溶け込んでしまった。樹液の生命力が消費された証に大地から緑の草木が急激に生い茂り出した。

「逆らわなければ良かったものを」

「——!?」

突如。

シルレたちが守っている背後の樽が積まれている方から声がする。

振り返ると賢老会の面々が揃っていた。

「さて、おまえらはもう囲まれた。終わりだ」

気が付けば周囲は賢老会の手の者によって固められていた。

それでもシルレの目には反抗の意志があった。

オッドが口を開く。

「やめておけ、これ以上は無駄だ。民を思ってか知らないが、魔物対策に力を割きすぎたな。まさか我々がおまえの反抗程度に対処できない愚鈍と思ったか?」

「そうですね。もう少し賢いと思っていました」

「なに?」

「見てください、この惨状を！　樹液はほとんど無くなりました！　森に古くから棲む知能の高い魔物は樹液の分配がないことに怒り狂うでしょう。この森の主である土竜王だって目覚め、襲ってくるはずです！　あなたたちはエルフを滅ぼすおつもりですか!?」

「ふ。そんなことにはならない」

言って、賢老会の面々が手を神樹の方に向ける。

陣が展開される。

それにシルレは見覚えがあった。

「召喚陣……？」

「ああ。これで上位の精霊を召喚し、土竜王を抑える」

オッドの言葉に、どこかシルレは違和感を覚えた。

「つまり前線で戦っている者たちを助けると……？」

そう、シルレは考えた。

だが、甘かった。

オッドが深い笑みを見せる。

「ああ、助けてやるとも。――このエルフの里が滅びかけ、窮地になった時にな」

「なっ……！　そ、それはどういう……!?」

「もはや神樹とエルフ姫の力は必要ない！　エルフは最上の叡智（えいち）たる賢老会が導くべきなのだ！　ゆえに賢老会は我らが治めし『エルフの王国』をこの地に築き上げる！　そのた

めには一度、全てをリセットする必要がある！」

「だから土竜王を暴れさせると!?　それにもし土竜王を倒してしまえば、この森には主がいなくなります！　荒れてしまいますよ!?」

「だから？」

シルレの問いかけに、オッドは何気なしに問う。

それは本当に何も想(おも)っていない様子だった。

「い、一体どれだけの犠牲が出るのか分かっているのですか！！？？」

「たくさん、でしょうね」

曖昧なその答えに、シルレは賢老会の思慮が読めた。

彼らは危機に瀕(ひん)したエルフに手を差し伸べて人心を掌握するつもりだ。そして犠牲者のことなど全く考えていないのだと。

「……外道が」

「ふふ。我らが外道？　民を思って動いている我らが？　的外れにも程がある。おまえの妹を人質に取ったのは我らだ。だが、それは青二才のおまえが勝手な行動をしないようにするためのこと。それら全て民のためのこと！」

「その民を犠牲に築き上げようとしているのは国じゃない！　あなたたちの楽園でしょう!?　それだけの年月を生きて積み重ねてきたのは傲慢と欲望だけですか!?」

シルレの怒号が響き渡る。

オッドは反論せず。

ただニヤリと笑った。

「もう話す必要もない」

轟音。

まるで山一つが崩れ落ちるかのような音が一帯を占める。思わず耳を塞ぎたくなるほどのもの。

それは土竜王の目覚めだった。

「は、早すぎます……なぜもう……！」

「前回、樹液の分配が遅れたことで奴の怒りを買ったのは知っている。そして、水魔法によりこぼれた樹液が洗い流されるという前代未聞の事態。これも必定ですなぁ」

はなから計画通りと言わんばかりの口調だ。

さらにオッドが続けた。

「あれが目覚めたからには前線を維持できるのは十分程度。そこから魔物たちが雪崩れ込み、里が壊滅するまでに十分もかからない」

淡々と冷静に口にする。

悪魔だ、とシルレは思う。

その二十分でどれだけの犠牲者がでることか。

しかし、言ったところで彼らは変わらない。

(もう、なるようにしかならないのですか……申し訳ありません。約束したのに……!)

シルレとて弱いわけではない。

だが、賢老会との力と数の差はどうしようもない。

諦め、妹を救ってくれたジードに対して心の中で謝罪をしていた、その時だった。

「ほ、報告です! 土竜王が前線に現れました!」

その伝令兵に対してオッドが応えた。

「ええ。分かっています。時間を稼ぐように言っておいてください。それまでにこの儀式も」

「いえ、それが――土竜王は既に退けられました!」

「なにっ!?」

想定していた報告とは、正反対の言葉が投げかけられた。

思わずオッドの目が見開かれる。驚きのあまり絶句しているようだった。

そこでシルレが問う。

「そ、それはどういうことですか!?」

「ギルドが派遣したパーティーが――」

「――感知した通りの光景だな。よくもまあ、こんなに暴れてくれたもんだ。樹液、結構楽しみだったんだぞ」

　伝令兵の言葉を遮るようにして現れたのは黒髪の男だった。

「ジ、ジードさん……!?」

　シルレが男の名前を呼ぶ。

　ジードは撒き散らされた樹液を残念そうに見ていた。

「き、き、貴様……！　どうしてここに！」

　計算外の状況にオッドが叫ぶ。

「どうしてって、なんか色々やってるから見に来たんだよ」

「ち、違う、そうじゃない！　土竜王は!?」

「――殺してないぞ？　ちゃんと退いてくれた」

「な……？」

　オッドの問いかけは「殺したか？　殺してないか？」などではない。

　彼が期待した答えは「逃げてきた」だったからだ。

　常軌を逸した返答にオッドが顔を青ざめさせる。

「ああ、他の魔物なら大丈夫だ。フィルやユイもいる。あいつらは強いからな、手加減してもやれる」

残存する魔物も問題ないとばかりに。

オッドの耳に計画の崩れる音が聞こえた。

賢老会の面々に激昂する。

「もういい！　急いで召喚しろ！　儀式を終わらせるぞ！」

「おい、待て。なんだその物騒なもんは」

ジードが顔を覗かせる。

焦りを見せた、とばかりにオッドがほくそ笑む。

召喚陣が不安定な光を放つ。

「――聞いて驚け。これは精霊を呼び出すものだ」

「精霊？」

「ああ。こちらとは別の世界に存在する高度な魔力と高い知性を持つ種族だ。しかも上位種をな。どうだ、人族にはない古代の叡智だろう！」

子供がおもちゃを自慢するようにオッドは言う。

ジードが眉頭を寄せる。

「分かったから止めろ。俺はおまえらが何もしなければそれで良いんだ」

「ふはははっ。恐れたか？　しかし、もう遅い。貴様らはあまりにも目障りだ。出でよ、上位精霊――アドローン！」

光が強まり、神樹の魔力を代償に精霊が呼び出される。

人のような姿をしており、鋼鉄の鎧（よろい）を身にまとい兜（かぶと）からは鈍色（にびいろ）の瞳が覗いている。

だが、なによりも評すべきはその巨軀（きょく）だった。

ジードやシルレたちは見上げる他ない。

『クオオオオオオーーーーン！』

アドローンと呼ばれた上位精霊が甲高い特徴的な叫び声を挙げる。

土竜王が起きた時よりも大きな地揺れが起き、木々がアドローンを中心に波立つ。

「さぁ行け、アドローン。奴らをころ――」

アドローンの片足が浮く。

そして踏みつぶすために狙いを付けた。――賢老会のメンバーをめがけて。

「――な、なにをやって」

『クオオオーーーーーーン！』

アドローンの巨大な足が降る。

忠犬に噛（か）まれるような、ありえない光景に呆気（あっけ）にとられる賢老会の面々。

だがそれも一瞬のことで咄嗟（とっさ）に物理攻撃を防ぐ魔法陣を各々で展開する。――しかし。

プチッ　プチッ
そんな音が出そうなくらい、あっさりと賢老会が踏みつぶされる。

何度も何度も巨体に似合わない速度で振り下ろしながら。

「だから止めろって言ったのに。依頼は警護だし、危害を加えるつもりはなかったんだぞ」

『クオオオオオーーーーン！』

「理性も知性もないいか。いくつか手順を省略したせいか召喚陣が不安定だった。マトモな身体（からだ）と精神を保った状態で召喚されるわけないわな」

もはや賢老会の魔力は消え散った。

同様に賢老会を守ろうとした黒ずくめの男たちも殺された。

隣で慌てたシルレが額に汗を流しながら口を開いた。

「に、逃げてください……！　コントロールできない上位精霊の危険度は……っ！」

『クオオーーーン！』

アドローンが再び足を挙げる。

それはジードたちを狙ったものだ。

シルレが賢老会と同様の魔法陣で防御する。

だが、ジードは至って平静だ。

とことこ歩き出してアドローンの地に着いている方の足まで近寄り、ぶん殴った。

「ちょっと黙ってろ」

『クオッ!?』

そこは脛。

あまりの激痛からアドローンが殴られた部位を押さえる。

そしてそのまま霧散して消えていった。

「えっ、えっ？　上位精霊が一撃で？　脛の痛みで……？」

理解が追いついていないシルレを気にもせずジードが問う。

「これかなりマズいんじゃないか」

ジードが神樹に手を添える。

風に撫でられただけで枝が折れ、枯れた葉が落ちてくる。

――賢老会によって精霊召喚のために魔力を吸われた神樹があった。

シルレがはっと目を見開く。

「こ、これは……！」

「ただでさえ開花で魔力を消費したのに魔力を搾り取られたからだろうな」

「そんな……。こんなことは今まで一度も……！」

ただの一回たりとも神樹が枯れたことはなかった。

だが、いま神樹の葉は全てが茶色に染まろうとしている。残った魔力も弱々しい。

しかし、シルレはすぐにキリっとした顔つきになる。

「今すぐ魔力供給を行いましょう。エルフの里の全員が行えば神樹も復活するはず」

「どうだろうな」

ジードが苦々しい顔つきをする。

「それはどういう……？」

「魔力は分ける際にロスが発生するから丸々渡せるわけじゃない。戦闘でも消費してる。探知魔法でエルフ全体の魔力を確認したが、延命すらできるかどうか」

かつての神樹を思い浮かべながらジードが言う。

「しかし、やってみなければ分からないはずですっ。ダメでもやるしかないんです！」

シルレが周囲にいる者たちに民を連れてくるよう伝えた。

ジードも総量を見ただけの話なのでなんとも言いようがない。

それでも楽観視できないことだけは確かだった。

襲撃してくる魔物たちを払い終えたのか、里の周縁部から味方が続々と神樹に向かってくる。その中にはフィルやユイもいた。
「よう、終わったか」

「一匹たりとも里には入れなかった。殺しもしなかったぞ」

「頼りになるな」

　探知魔法で把握していたが、改めて聞かされると信頼に似た気持ちが湧いてくる。

　ふと、フィルが神樹を見上げた。

「これはどうなってるんだ？」

「魔力が枯渇してんだ。このままだと神樹は枯れるだろうな」

「なんと。神樹はこの森の——ひいてはエルフのシンボル……それがこの有り様なのか」

　戦闘要員でない女子供までもが近くに呼び寄せられている。

　魔力を掻き集めるつもりなのだろう。

　ユイが首を傾げた。

「足りる？」

「あいつらで間に合うかどうかってことか？……俺は無理だと思っている。神樹に捧げても一割にも満たない」

　絶望的とまでは言わない。

　微かな希望はある。

　それでも一縷の望みにかけるような、ギリギリさではある。

「……ふむ。なぁ、もしかしたらソリア様ならできるんじゃないか」

「ソリアが？」

「ああ。ソリア様は『極限治癒』を使える」

「極限治癒？」

初めて聞く魔法にオウム返しする。

「自然治癒力を最大限にまで活性化させ、全ての傷を癒す魔法だ。使い手は大陸でも限られているがソリア様が実際に使っているところを見たことがある」

「だが、使う相手は神樹だ。それに怪我をしているわけじゃない」

「極限治癒は肉体と同じように魔力の回復力も活性化させる……そんな魔法なんだ」

「……ってことは復活の可能性がある？」

俺の問いにフィルが頷く。

「この場にいる者の魔力も足せれば、もしかすると……」

「なるほどな」

神樹の方を見る。

エルフたちが代わる代わる魔力を供給しているようだが、未だに何の反応もない。

「だが、これだけ経ってもソリアは来ない。よほど忙しいんだろう」

「いや、こちらから呼べば来てくださるかもしれない。特に緊急の事だからな」

「ふむ」

まぁ、いくらソリアが忙しいと言っても俺たちはパーティーだ。

ソリアも依頼を受けている状態になっている。

さしせまった事態なら、来るのが筋ってものか。

「ならソリアのことを呼べるか？」

「それは問題ない。だが、私だけでは心許ない」

「心許ない？　おまえがソリアに一番近いだろ？」

「ソリア様は各国のお偉方へ挨拶回りをしているんだ。立場というものがある。私一人の要請では席を立たせづらい……」

フィルが「くっ」と悔しそうに言う。

どこかそれは演技っぽくて。

「じゃあ、どうするんだよ？　リフにでも仲介頼むか？」

「バカ言え。おまえの名前を使わせてくれと言っているんだ」

「俺の？」

「そうだ。私とおまえの名前を使えばソリア様の足かせは粉々になるだろう」

「まぁいいが」

会話が終わったところで、ユイが俺の手を突いて首を傾げてくる。

無表情だが、どこか不満そうな表情を浮かべて。

「ん……？　ああ、そうだな。神樹の回復は俺たちの依頼じゃないか」

「なっ。見捨てるというのか!?」

「そうは言ってないだろ」

フィルが動揺を隠さずに声を挙げる。

彼女は剣聖と呼ばれ、聖女として活動しているソリアの近くにいる。困った人を見過ごせないのだろう。

ひとまず。

エルフの民に魔力供給の列を乱さないよう指示するシルレに声を掛ける。

「おい。ちょっといいか」

「今は忙しいのですが……！」

「依頼してくれ、俺たちに」

「……依頼？」

訝し気な表情でシルレが言う。

「神樹を治すようギルドに俺らへの指名依頼をするんだ」

「手伝っていただけるんですか!?」

シルレが縋るような表情で言う。

「……依頼じゃない」

それだけ神樹がエルフにとって大事なものだという証だ。

「賢老会の介入で樹液の採集作業もこの有り様だ。新しい依頼をもらわないと示しが付かない。依頼してくれ、手伝う」

「分かりました。ですが今は時間が惜しい……！　後ほど正式に依頼するというかたちにはできませんか!?」

今は非常事態だ。それも仕方ないか。——と。

声がかかる。

「大丈夫です！　私が今から支部に行って適当に依頼書をまとめてきます！」

ルックだ。彼も神樹に魔力を供給するために呼ばれたのだろう。

ちょうどよかった。

「頼む」

ルックが頷き、ギルド支部に向かって走って行く。

フィルが懐から赤色の長方形をした拳大のマジックアイテムを取り出す。

「私だ。ソリア様を緊急で呼んでくれ。要件は——」

そんな会話をしている。相手はソリアに付いている護衛の騎士だろうか。

さて。

神樹に相対する。

既に幾つも列ができあがっており、それぞれ許容範囲ギリギリまで魔力を供給している。

列の間を通り、神樹の眼前に行く。

（注がれた魔力が神樹から勝手に流れ出てしまっている。弱りきった神樹は魔力を保持することすらできなくなっているのか）

右手を神樹の肌に合わせる。

エルフの民が不器用に、それでも一生懸命に魔力を供給しているのを感じる。

――俺の魔力を神樹の頂点から地を這う根まで薄い膜にして皮のように張り付ける。

この魔力の膜でエルフたちが神樹に注ぎ込んだ魔力の流出が抑えられる。もちろん外から供給される魔力のみ膜を通るように調整してある。

ソリアが来るまでの時間稼ぎだ。

「ソリア様の護衛をしている騎士に連絡した。すぐに呼んで来るそうだ」

フィルが言いながら神樹に両手で触れる。

続けて俺の方を見ながら、

「私も手伝う。任せてくれ」

「ん」

さらに反対からも小さな声がした。ユイだ。

彼女も人差し指で神樹に触れながら魔力を送り込んでいる。

二人は普通に魔力を送り込んでいるだけだが、さすがにこの二人の魔力操作技術は洗練されており、送り込まれてくる量が桁違いだ。

さて。

早く来てくれよ、ソリア。

◇

現在、人族で最も勢いと力を持つウェイラ帝国の女帝が豪奢な椅子に座っている。

対面には【光星の聖女】の異名を持つソリア・エイデンがいた。

「くくく。真・アステア教に鞍替えしたのか」

「ええ、今日はそのご挨拶に参りました」

「神聖共和国も大変だな。国教がとっかえひっかえでは示しも付かないだろうに」

「すでに民も納得の上です」

「――それもこれも、おまえの求心力のおかげだろう？　ソリア・エイデン」

ルイナの鋭い洞察がソリアを射抜く。

だがソリアは至って平静だった。

「まさか。これもアステア様の威光です」

「謙虚、と言うべきなのだろうな。だが、この場で自分を低くする意味はない。私と面会できる者は大陸に数えるほどもいないのだから。共和国の首相とて、な」

「光栄です」

その言葉はソリアを首相よりも遥かに上の者であると認めてのこと。

だが、何の気なしにソリアは流す。その褒め言葉の意味を理解した上でのことだ。

「どうだ。我がウェイラ帝国に来ないか？　真・アステア教もバックアップしてやろうじゃないか。それに、おまえのためにもう一つ軍団を設けても良い」

破格の待遇だろう。

いきなり軍長に任命するというのだ。

さらに真・アステア教にとっても、ウェイラ帝国がバックに付くのはまたとない機会。

しかし、ソリアにとっては予想していたセリフの一つに過ぎない。

「考えておきましょう」

なんの交渉もせずに、ただ一言だけ添える。

それは柔らかくもストレートな拒否だった。しかも、どこか怒りも含んでいた。

「機嫌を悪くさせるようなことを言ったか？」

「いえ。そうやって、スティルビーツ王国で、かの仮面のお人も勧誘したのかと思いまして」

「む。まぁ、そうだが。どうして急に？」

　不意にスティルビーツでの出来事を言われて、ルイナの脳裏に疑問符が浮かぶ。

「……別に。ただ、あのお方の付けていらした仮面は私も目撃したことがありまして。その方にキ、キ、キキ……キスをしていたという情報が入りましたからっ」

　ソリアの怒りはそこにあった。

「ああ。まぁ奴(やつ)には帝王の地位を渡すと言って勧誘したよ」

「て、帝王っ？」

「そうとも。断られてしまったがな」

　ルイナがあっさり言い、ソリアはどこかホっとした様子で胸を撫(な)で下ろした。

　仮面の男――ジードが奪われてしまわないか心配だったようだ。

　そんな寄り道を正すよう、ルイナが咳払(せきばら)いをする。

「……まぁいいだろう。それで緊急事態における帝国領内での活動を認めてほしい、とのことだったな」

「はい。戦争時の前線でのボランティアや真・アステア教の布教など。決してウェイラ帝国にとって悪い話では」

「すでに幾つもの国で活動した例があると聞いている」

　ルイナがソリアの言葉を手で遮る。

「良いことばかりじゃないな。前線でボランティアするということは、戦時は好きに国境を跨いでいいということだ」

「……」

「それが意味するのは諜報活動の容認だ。さらに言えば敵性分子を他国に紛れ込ませることもできてしまう」

「断じてそのようなことはっ」

「ないかもしれない。が、危険はある。違うか？」

勧誘していた時とは比べ物にならない、獲物を狩るような鋭い眼でルイナが問う。

「しかし、前線の村や街での被害はどうなさるのですか？　帝国も全てをフォローできているわけではありませんよね？　民に不満が溜まり、分裂していくのは必定です」

「そうならないよう村と村、街と街同士を国への納税や人材登用で競わせ、相互不信をもたらし、互いに睨ませている。ゆえに不満の矛先は国へ向きづらい。民一人一人にまで浸透した善き隣人とすら競わんとする成果・実力至上主義——帝国の良いところだな？」

「……それでは国はまとまっても民はまとまりません」

ソリアにとって、その言葉は苦しい反論だった。

実際にウェイラ帝国はルイナのカリスマ性によって一丸となっている。

民の相互不信を煽るような統治が成立しているのは偏にルイナがいるからだ。

民が女帝ルイナに認められようと足掻く限り、帝国の支配は続くのだ。

しかし、ソリアの言葉はルイナの後ろに控えていた第二軍軍長——イラツを怒鳴らせた。

「いい加減にしろ！　貴様、同席を許されたからと言ってルイナ様と同格のつもりか!?

ウェイラ帝国のことは帝国人が決める!!」

それはソリアにとって意外な反撃だった。

というのも、実はウェイラ帝国は揺れていた。

スティルビーツでの一戦は帝国軍の大半を投入した作戦だった。にも拘わらず、撤退を強いられた。

帝国の威信をかけた作戦の失敗で、ルイナの絶対的なカリスマ性に陰りが出たのだ。

その責任を感じていたイラツはつい怒りを口にしたが、すぐに己の過ちに気づいた。

「……すみません。出過ぎました」

「いいさ、気にしていない」

『で、伝令ですっ』

ソリアの傍に控えていた女騎士が何やら耳打ちされた。

報せを聞いた女騎士の目が開かれる。

「申し訳ありませんが、フィル様より緊急の招集を受けました。ソリア様におかれましては至急、王国のギルド本部に向かっていただくよう」

「待て。フィルというのは【剣聖】のフィルか？　もしや、ルイナ様との対談をその程度の者の招集で退席なさるおつもりか？」

イラツが待ったをかける。

呼び出しがあったにしても格が違う。

優先するべきはこちらだろう、というのがイラツの主張だった。

だが、女騎士は続いて言った。

「招集の伝令文にはSランク冒険者のジード様の名前もございます」

「いっ!?」

ビクリ、っとイラツの背が驚かされた猫のように跳ね上がる。

ルイナの頬が楽しそうに歪んだ。

「くく。良いじゃないか、行ってやれ」

さすがのイラツも今回ばかりは何も言えなかった。

「そ、それでは失礼します。またの機会にお話をしていただければと思いますっ」

ソリアが慌ただしく席を立って礼をする。

胸の鼓動を大きく鳴らしながら。

ソリアとて呼ばれる可能性は想定していた。なにしろパーティーでの依頼ということになっているのだから。

だが、それでも、やはりジードに呼ばれたとあっては胸の高鳴りは止まなかった。

（名前だけでソリアを動かすか。……それにこの場すらも制して。やはり面白い）

ジードと聞いただけで畏縮するイラツ。

この場にいる騎士や軍人にもどこか畏敬の感情が見て取れる。

ルイナの頬は楽しそうに緩んでいた。

転移魔法を何度も使用してソリアがエルフの里に到着したのは数時間経った後だった。

大半のエルフが魔力の供給を行ったが、神樹は茶色いままだった。

落ちた枯れ葉の掃除を行っている者が、次々に降ってくるため困り果てているほどだ。

「ソリア様！」

ソリアを出迎えたのはフィルだった。

少し疲れた様子を見せながらもぶんぶんと手を振っている。

「遅れてごめんなさい。深刻な状態のようですね」

「ええ、一向に回復する様子がなくて……」

フィルが神樹を見て言う。

だが、ソリアは首を振った。

「神樹もそうですが、私が言っているのはフィルです。かなりの魔力を消耗したようじゃないですか」

「あはは、見破られましたか」

フィルが誤魔化すように笑う。

それにソリアは咎めるような目をした。

「魔力は血と同じで生命の維持に必要不可欠なものです。許容範囲を超えて使うと魔力の流出を自分では抑えられなくなり、全ての魔力が体外に放出されて……死に至ります」

「ええ、分かっています。……限界を超えてしまった結果が、今の神樹であることも」

本来なら神樹が魔力を使い切ることなんてない。

しかし、今回は事情が事情だ。こうなるのも当然。

フィルが続ける。

「早く神樹の下に行きましょう。私よりバカをやってる奴がいるんです」

「……？　分かりました」

フィルに連れられてソリアが大勢のエルフに囲まれた神樹に向かっていく。

神樹の肌には多くの人が触れていた。

魔力操作の得意なものは遠くから送り込んでいる。

だが、ソリアが最初に意識を奪われたのは別だった。

治療が必要な部位に必要なだけ。綿密な魔力操作が求められる治癒魔法を極致まで極めたソリアだからこそ分かる。

それは――神樹を覆う薄い魔力の膜。

維持するだけで相当な魔力と精神力を要するものだ。

だが、これがあるからこそ神樹の衰弱を抑えられていると即座に分かる。

これがフィルの言っている『バカをやってる奴』だともすぐに分かった。

そして、それを行っている者の正体も。

いや、初めから分かっていた。

その男は全身から汗を流しながらも神樹を守り続けていた。

隣には心配そうな顔をしているシルレもいた。

「ジードさん！　少し休んでください！　このままでは……！」

そんな声もする。

だが、一向にやめるつもりはないようだった。

実際にジードが力を緩めるだけで神樹に供給された魔力が雪崩のように流出する。今までの意味が無くなる。

その姿にソリアが涙を浮かべそうになるが、堪える。

さすがだ、と思いながら口を開く。

「遅くなりました っ！　あとは私が引き継ぎます！」

そんなソリアの声にジードが振り返る。

不敵ににやりと笑う。

「結構はやいな。もっと遅くなると思っていたが」

そんな余裕の言葉を発して。

ソリアが駆け寄り、神樹に手で触れる。

「やれるか？」

ジードが問う。

ソリアが頷く。

「やれます。あとは任せてください」

自信たっぷりな姿にジードも頷く。

ジードは魔力の膜を取り払い、――手を離した。

同時にソリアが口を開く。

「『極限治癒』！」

瞬間。

繊細な魔力の糸がソリアの手から溢れ出て巨大な神樹に絡みつく。

ふわりと柔らかく暖かな風が辺りを撫でる。

——神樹の枝から豊かな芽や緑色の小さな葉が生える。

「すげえ……！」

エルフの民の誰かが呟いた。

それは新しい命を創造するような、驚くべき光景。

それを見届けたジードも安堵したように膝を崩す。

地面に頭をぶつけそうになる。

シルレやフィルが抱きかかえようとする——が、どこからか風のように現れたユイが支えて膝枕をした。

「お、おまえどこからっ!?　ていうかどこにいた!?」

フィルが問う。

ユイは魔力の供給を済ませると姿をくらましていた。

「隠密は弱った姿を見せない」

「神樹に魔力を与えていたから疲れていたってことか？　かなり平気そうだったが……。

いや、だとしても何故いま現れた……」

「主のピンチには現れる。どんなことがあっても」

「主って……」

キリリっとした顔のユイがジードの前髪を横に撫でた。

疲れ切ったジードは目を閉じたまま身を委ねている。

フィルはその姿を見て頬を膨らませた。

「おまえがそうしているとソリア様が集中できんだろ！　ジードを寝かせても良いが触れるな」

そう言いながらユイの両手を挙げさせる。

ふと。

――グラリ
と大地が揺れる。

木々が――盛り上がる。

そのまま一つの山でもできあがりそうなほどだ。

先端の一部が太陽と被る。

口が開く。

『先ほどは油断したが、今度は喰らう！』

「土竜王だと……!?　もう回復したのかっ！」

フィルが悲鳴に似た叫び声を挙げる。

木々を生い茂らせている土竜の頬が吊り上がる。

『ふははっ。神樹様が我に力をくれたのよ！』

「まさか……賢老会の壊した樽から地面に流れた樹液が土竜に……！」

その推論は正しかった。

土竜王の巨軀の傷を癒し、魔力を回復させるには十分な量だった。

『見れば弱っている様子。残りの樹液を頂こうッ！』

その言葉は正しく、フィル、ユイ共に戦闘力の高い者たちは皆、魔力を使い切っていた。

ジードでさえも。

このまま無抵抗で土竜に樹液を奪われるのを見送るのが賢明だ。

しかし。

シルレが土竜王の前に立つ。

「これは私の不手際で減ってしまった残りの樹液……！　絶対に渡しませんっ！」

シルレも魔力を多量に失っている。

それでも意地で土竜王の前に立った。

森の主であり食物連鎖の頂点に君臨する土竜王だからこそ、シルレも限界が近いことを正確に理解していた。

『眠っておれ、小娘！』

土竜王の前足がシルレに迫る。

幾つもの対物理の魔法陣を展開するも――あっけなく破られていく。

どん！

轟音が響き渡る。

確実に決めたはずの一撃。

『……ん？』

だが、土竜王が怪訝そうな声を漏らした。

前足を退けると――素手で土竜王の一撃を止めている男がいた。

黒髪を流し、疲れ切った眼でどうでも良さそうに土竜王を見上げている。

「ジ、ジードさんっ。なぜ！」

完全に無意味な受け身体勢を取っていたシルレが問う。

「――依頼だからな」

ジードは冷淡に口にした。

シルレがハッと気づく。

土竜王の一撃は、背後にある神樹にさえも届き得る。

「まさか神樹を庇うために……？」

『あの神々しかった神樹様はもはや死に体。生き恥を晒すくらいなら、ひと思いに葬り去るのが慈悲だろうよ！』

きっと、誰もがジードの言動を否定するだろう。

魔力も尽き、生き返るとも思えない神樹を目の前にして、それでも依頼を達成しようとする姿は愚かだろう。

「まぁ、バカかもな。でも、今も神樹を癒そうとしてる仲間がいるんだ」

ジードの目に映るのは、集中に集中を重ねて神樹に治癒魔法を施しているソリアの姿。

彼女もまた、諦めてはいなかった。

だからジードも拳を構える。

土竜王を黙らせるために。

『なぜそこまで……！』

「言ったろ。――依頼だからだ」

『ふははは！　だからと言っておまえに何ができる！』

ジードが地を飛び――土竜王に拳を振り上げた。

体力も魔力もほとんど残っていないはずのジードの一撃は森全体を揺らすほどの威力を伴っていた。

「この程度の疲れや魔力不足なら、昔所属してた騎士団で慣れてるんだよ、あいにくとな」

たった一撃で土竜王はその巨軀から意識を手放した。

第四話　こうして依頼は遂げられた

騒動から数日が過ぎた。

辛うじて残っていた樹液の分配を終え、エルフの里で休んで完全に復活した俺は神樹のもとを訪れた。

「神樹は完全に回復したみたいだな」

「ああ、ソリア様の腕は確かだ」

ふふんっ、と自分の事のように自慢げに胸を張りながら言う。

肝心のソリアは後ろの大木からコソコソとこちらを見ていた。

「……人見知り、じゃないよな」

「ちっ。ソリア様は誰であれ分け隔てなく優しく接する。あんな姿をなさるのはジードの前だけ……ちっ」

フィルの視線が鋭い。どんだけ舌打ちするんだ。

「神樹がヤバかった時は普通だったんだがなあ」

「緊急事態だったからだろう。ちっ……おい」

「なんだよ？」

「ソリア様に声をかけろ」

フィルが不機嫌そうに言う。

随分とぶっきらぼうだが、感情を素直に出してくれるのは楽でいい。

「分かっている。このままじゃパーティーとして機能しないからな。だが」

くるりと振り向く。

ピクっ！　と震えたソリアが瞬時に大木の裏に隠れた。

バレてないつもりなのだろうか……？

「あれじゃあ声も掛けられないだろ……」

どうしたもんか、とため息を吐く。

だが隣のフィルが言う。

「何のために私がおまえの隣に居ると思う」

「どういうことだよ？」

「ほら、これ」

フィルがチケットを渡してきた。

それにはコーヒーカップから湯気が出ている絵が描かれ、『一杯無料！』とあった。

「無料券だ。一杯コーヒーがタダになる。そこのカフェだ。ちっ！」

フィルが首で近くの店を示した。

つまり誘う口実を作ってくれたわけだ。

イケメンかよ。

「さんきゅーな。この借りは返す」

「うるさい。私の借りが返せてないんだから気にするな」

フィルが足首を器用に動かして地面をぐりぐりと踏みにじる。

苛つきすぎていて怖いがチケットを受け取る。

「念のために言うが変な気は起こすなよ……！」

「そんな猛獣みたいな目で見ないでくれ」

「ぐるる……！」

喉を鳴らして威嚇してくるフィルを置いてソリアが身を潜めている大木に向かう。

顔を覗かせてチケットを見せる。

「よ、フィルから貰ったんだがカフェ行かないか？」

「え、え、え！　私がですか……!?　い、いいい、い、いや……その！」

見つかってブルブル震えるソリアが涙目になりながら必死に目を逸らす。なんだろう、この犯罪を犯しているような気分は。

「ほら、フィルも行くから。俺たちパーティーの親睦会なんてしたことなかったろ？」

「で、でもユイさんは……？」

「ユイ、カフェ行くぞ」

「おけ」

「どこから!?」

ガサッとソリアの真上の枝から顔を出してきた。

「少しで良いから話してみよう。ダメか？」

「う、うぅ……は……」

……——はい
そう言いかけ、神樹の方から声が響く。

「賢老会が全滅しちまったんだろ!?　どうなるんだよ！」

エルフたちが溜まり場を作っていた。かなりの人数がいるようだ。

俺たちの視線も自然とそちらに向けられた。

中心にはシルレがいる。

「ですから、これからは一丸となって……！」

「だが今までエルフは賢老会の指示で纏まってたんだ！　急にすげかえられたら困る！

あちこちで対応が遅れてるんだからな!?」

「そうだ！　賢老会は俺たちよりも長い歳を生きていた……！　その知識なしでエルフが生きて行けるのか!?」

どこからでも不満は出るようだ。

賢老会の悪行はエルフの中でも知れ渡っているようだが、いなくなると不安なのだろう。

どこからかルックが駆け足でやって来た。両手には大量の資料を持っている。

「外交の技術や他国との貿易などにかける税の事例と対策をまとめてきました！　これを使ってください！」

その言葉にエルフの面々が驚いたように振り向く。

「が、外部の人間が持ってきた資料なんかを受け取れるわけねえだろ！」

「見ていただくだけで構いません！　私にはエルフの妻もいますし、外部の人間としてではなくこのエルフの里の一員として力になりたいのです……！　どうかお願いします！」

ルックが頭を下げて資料を差し出す。

渋々といった感じでぐちぐち言っていた男たちが受け取る。

しばらく資料を見てグッと悔しそうな表情を浮かべた。

「こ、こんなものじゃあ賢老会に遠く及ばねえよ！　第一、あの人らは古代魔法を扱えたんだ！　その力で里を魔物や災害から護っていたことを知らないわけじゃないだろ!?」

「そ、それは……！」

ルックが困った様子を見せる。

俺は彼らの下にまで歩み寄って声を掛けた。

「古代魔法ってのはどんなものだ？」

「あっ……いや、それは……」

エルフの男が動揺した。俺の後ろにフィルが付いてきて、さらにその背後にソリアがいるからというのもあるだろう。

一応、このエルフの里を救ったパーティーなのだから。

だが、男たちの中の一人が一歩前に出てきた。

「あんたが強いのは分かってる。だが、魔法を消すようなマネはできないだろう？」

そう言って男が人差し指の先から球体の炎を出した。それからさらに続けて口を開いた。

「――できるはずもない。なぜなら、魔法を消せるのは魔力操作の鍛錬に気の遠くなるような年月を費やした者だけだ。そう。賢老会のような「できたぞ」え？」

長々と語る男の炎は消えていた。

鼻水を垂らして目の前の光景が信じられないとばかりにアホ面を見せながら。

「い、いや、こんなものは序の口だ。そうだ。俺の意識ごと消してみろ！」

「いいんだな？」

「………ごめんなさい」

俺の言葉にシュンっと引っ込んだ。

「皆さん、私たちは賢老会に頼らずとも生きていけます。これまで目を向けようとしなかった我々の隣にはこんなにも頼れる人がいる。外部の力を受け入れましょう。賢老会の主導で里に閉じこもるのではなく、私たちが外の世界と協力しながら主導していくのです！」

シルレが言う。

今度は誰も反論を口にしなかった。


「ふぅ……ありがとうございました」

シルレが疲労を見せながら頭を下げてきた。

先ほどまで文句を垂れていた民は各々が説得されて家に帰っている。

「新しく物事を成そうとする時は口を出されるものですから。頑張ってください」

ソリアが言う。

俺の時とは全然違う、普通な感じで。

「ありがとうございます。——そういえば、神樹の件のお礼がまだでしたね」

「いや、依頼達成の報酬は貰ったはずだが」

報酬の話をしていなかったのにも拘わらず、相場以上の額をもらっている。

だが、シルレは首を左右に振って、

「いいえ。まだ、あります」

そう言ってシルレが何かを持ち上げるように手を浮かせる。

しかし、手には何も持っていない――訳ではないようだ。

綺麗(きれい)な流れの――色で表すと黄金と白銀が混ざったような鮮やかな魔力がシルレの手の内から作り出された。

俺の首を、ネックレスをかけるような仕草と共に魔力で包んだ。

「――エルフ姫の祝福」

ルックが呟(つぶや)く。

「何の効果があるという訳ではありません。ですが代々のエルフ姫は、こうして『英雄』に対して祝福を行ったとされます」

「英雄?」

「はい。エルフの危機を救った者が大半で、つまりは身内に行うことが多かったのです。――ただ直近では勇者に対して先代様が行ったと聞いています」

「へぇ、なるほどな」

また勇者だ。

どうにも縁がある称号だな。

シルレは続けてソリア、フィル、ユイ、ルックに同様の真似(まね)をした。

「先ほども言いましたが、これに効力はありません。ただ気持ちばかりの感謝をこれで伝えようというものです」

つまりは形式的なものということか。

金銭は貰っているし、俺たちは依頼が達成できたからそれでいいのだが、物を渡すだけでは伝えきれないシルレの気持ちの表れなのだろう。

滅多にやってもらえないことらしいからラッキーくらいに受け取っておこう。

そう思っていたが。

「た、た、た、大変ですよ！　エルフ姫の祝福を受け取ってしまいました!?」

ルックが慌てふためいた様子で叫び声を挙げた。

ソリアとフィルも目を見開いている。すこし意外だな。ソリアもフィルも聖女や剣聖なんて呼ばれているから、こういう儀式には慣れていて興味がないと思っていたが。

ユイは……こいつはいつも通り無表情だ。

「なんだ、すごいのか？」

「す、すごいなんてレベルじゃないです！　お伽噺（とぎばなし）ものですよ！」

ルックが気持ち冷めやらぬ様子で熱く語りながら両手をぶんぶん振っている。

絵本とかにある感じの話だろうか。

「そうか。光栄だな？」

よく分からんが、とりあえずそう言っておこう。

「本来ならもっと正式な場で行いたいのですが、今はまだ里が不安定ですから。また機会を見て改めて祝福をさせていただきます」

　それからシルレは俺に何か言いたそうにしながらも、頭を軽く下げてから「それでは、私は用事がありますので」と口にして去っていった。

「あ、そうだ。皆様いつ頃にお帰りになりますか？」

　ルックが思い出したように言う。

「そろそろ帰ろうとは思っている。貸家はいつまでなんだ？」

「期限は後一週間ほどありますが、必要なら延長可能です」

「俺は明日には帰るつもりだが」

　チラリとソリアたちを見る。

　ソリアは顔を真っ赤にして目を背け、代わりにフィルが言った。

「私たちは今日にでも王都に戻る。神樹の加減も問題なさそうだし、ソリア様は多くの予定を取り消されて里に来たからな。すぐにでも戻らねば」

「同」

　フィルに続いてユイも頷く。

　ということは明日には全員が居なくなるってことだな。エルフの里は自然豊かな良い場所だ。期限が残っているのは勿体ない気がするが。

「分かりました。それでは転移のマジックアイテムを用意しておきます！」

「ああ、頼む」

「……――皆様」

ルックが真剣な表情を作る。

「――本当に！　ありがとうございました！」

ガバッと頭を下げる。

急だな。いや、カリスマパーティーの全員が揃うのはここだけだと思ったのだろう。

「依頼だから別に礼なんて不要だ」

ギルドと冒険者は持ちつ持たれつの関係にある。

言ってしまえば斡旋する組織と、斡旋される人材にすぎないのだから。

それでも、ルックは頭を上げなかった。

「いいえ、言わせてください！　皆様のおかげで私は家族と一緒に居られます……！　本当に、本当にありがとうございます……！」

ルックの目から涙がこぼれた。

その言葉が本当だと口よりも多くを語っている。

彼は資料を揃えたり、命を狙われていたのにも拘わらずエルフの里にいた。

それだけ里が好きということ。

「私たちの出した結果が貴方に幸せをもたらせたのなら、なによりです」

ソリアが言う。

それは俺たちの総意だった。

感極まったのかルックがブワッと涙を流す。

「あ、あ、あ、ありがとうございますっ！　皆様の活動拠点からは遠い地ですが、なにかあったら声をかけてください！　全力で支援させていただきますので！」

そんなことを言うと、ルックはギルド支部に戻っていった。

「それじゃ揉め事も終わったみたいだし、カフェ行くか」


木製のカップをテーブルに置く。

普通の物と違い、嫌な高音が鳴らない。

エルフ特有のカップなのだろうか。

…………。

……。

そんなどうでもいいことを考えてしまうほどの静寂が流れていた。

ソリアは顔を俯かせて押し黙っている。

フィルはそんなソリアを見て頭を抱えている。

ユイはどうでも良さそうに無表情だ。

「あー、なんか今日は良い天気だな」

とりあえず、適当に言う。

そんなことしか言えんのか!?　的なメッセージをフィルが目で送ってくる。

自分でも分かっている。会話下手だってことくらい。

でもこんな空気で一言発せただけマシだと思ってくれ。

「たしかに良い天気」

と、ユイが言う。

予想外の助け舟に視線を巡らせる。

ユイも俺の方を見ていた。

「私と二人っきりで里の観光」

「さ、させないぞ!」

ユイのマイペースな提案にフィルがテーブルを叩きながら立ち上がる。

「ソリア様!　せっかくジードと話す機会ができたのですっ、さぁ恥ずかしがらずにっ!」

ユイに先んじられないようフィルが言う。

だが、肝心のソリアは顔を真っ赤にしながら返事をしない。

……ダメだな、これ。

戦場になれば各々がしっかり動いてくれるがプライベートが固すぎる。

いや、別に依頼さえクリアできればパーティーとしては良いのか……？　仕事だけの関係だが、それで成立しているわけだしな。

しかし。

それでも俺は伝えなければいけないことがある。

真っすぐにソリアを見る。

「ソリア、ありがとな」

「え？」

突然、俺に呼ばれて驚いたのか目を見開く。

それでも、ようやく初めてしっかりと目が合ったようだった。

「まずは、そうだな。用事があったのに神樹の治癒に来てくれて、ありがとう」

「そ、そそ、そんな。依頼ですから。それにジードさんに呼ばれたのなら私は……！」

「それと――――俺をギルドに推薦してくれて、ありがとう」

――これを俺はずっと言いたかった。

色々あって言えなかったが、ソリアは俺の恩人だ。それも、きっと命の。

あのままクゼーラの騎士団に残っていれば、きっと俺は壊れていただろう。それはギルドに来てから本当に実感していた。

「と、当然のことをしたまでですっ！　ジードさんはもっと色んな人に知ってもらうべきお人ですから！」

急にソリアが熱弁する。

すぐにハッとなって目線を逸らした。

「良い調子ですよ、ソリア様！　この調子で行きましょう！」

「う、うぅ……！　やっぱり私はまだ慣れないです……！」

隣でフィルがめちゃくちゃ褒めている。

良い調子なのか……？

なんとか多少は打ち解けたみたいだから別の話題を出す。

「そういえば、そろそろSランク試験じゃないか？　俺たちの中じゃフィルがまだAランクだよな」

「私ならば問題ない。まず間違いなく昇格するだろう」

「フィル、慢心はダメですよ。あなたと同じく試験を受ける方たちはAランクの猛者たちです」

「ふふ。ですが、パーティー単位でのAランクが多いのです。私がそこらの雑兵に負けるはずがありません」

ランクには個人とパーティーのものがあり、試験も一人か一組で受けることができる。

例えばCランクの冒険者が、パーティー単位でAランクに昇格すると、個人ではCランクの依頼しか受けられないが、パーティーではAランクの依頼が受理できるようになる。もしも個人で昇格をしたい場合は、再度一人で受ける必要がある。

ただし、Sランク試験は毎年一人しか受かることができない。もしくは一パーティーだ。

今回のSランク試験もパーティーで受ける奴(やつ)らは多いのだろう。数がいる分だけパーティーでの受験者の方が有利なわけだが、それをも圧倒する『個』がいる。フィルのような。

フィルもそれを承知した上で、そんなやつらは敵ではないと言っているのだ。

「ちなみに俺が個人的に組んでいるパーティーのメンバー二人もSランク試験を受けるぞ」

思い出すのはクエナとシーラだ。

フィルも思い当たる節があるようだった。

「ああ……そうか。彼女たちも受けるのか」

どこか苦々しい顔つきだ。

そういえばクエナとシーラに通り魔したんだよな。

「まさかまだ謝ってないのか？」

「て、手紙は送ったぞ。だが、まだ顔を合わせてはいない。時間の都合がつかなくてな……」

「なら試験の時に謝っとけな」

来た。

　声を転送するマジックアイテムが壊れた時のようにドモりながら、ソリアが俺に聞いて
「ジ、ジジジ、ジードさんとご一緒してるパーティーといえば、シーラさんやクエナさんですよね？」

　どことない気まずさを感じながらもフィルが頷く。

「ああ、分かっている」

「スフィさんから聞いているので……っ！　彼女はそれで冒険者登録をすることになりましたから……！」

「ああ、そうだ。知ってるのか？」

　なるほど。意外な接点だが、考えてみれば確かに繋がっている。

　アステア教から真・アステア教に宗旨替えしたソリア。真・アステア教に在籍しているリーダーのスフィ。スフィと同じパーティーのクエナとシーラ。

　……世界って狭いな。

「てか久しぶりに名前を聞いたな。スフィは元気してるのか？」

「はい。なにやらジードさんに渡したい物があるとかで度々お話ししていますっ」

「ああ……例のやつか」

　聖剣のことだろう。

前に使えないと言ったはずだが、それでも俺に預かって欲しいらしい。

まぁ受け取る分には問題ない。

「今度会ったら貰うって伝えておいてくれ」

「はっ、はいっ！」

まだ若干は挙動不審だが、ようやく普通に会話ができるようになってきた。

そろそろソリアも俺に慣れてきた頃合いだ。話題を作ろう。

「そういえばＳランク試験って何やるんだ？」

「なんだ、知らないのか？」

ふっ、と頬を吊り上げながら、どこかバカにした口調でフィルが言う。

「飛び級だったからな。フィルは知ってるのか？」

「知らん。私も受けたことないからな！」

腕を組みながら胸を強調するようなポーズでフィルが言う。

「なんでちょっと自慢げなんだよ。よく俺に『知らないのか？』とか聞けたな。……ソリアはなんか知ってるか？」

「い、いえ、私も試験なしでの昇格でしたから……お役に立てず申し訳ありません……！今から全力で情報収集にあたりますので……！」

「うん、そこまで大事じゃないから大丈夫。席立たないで。怖いって。有難いけどそこまで気を使われたらむしろ怖いって！」

どうにもソリアは行き過ぎた俺信仰（？）があるような気がするな……。

しかし、二人とも知らないとなると残るはユイだ。最年少でSランクになったという経歴からいって試験は間違いなく受けているだろう。

「ユイ、おまえなら知ってるんじゃないか？」

「ん。試験は毎回ばらばら」

ユイがコロネを食べながら言う。

ならば、とフィルが問う。

「おまえの時はどうだったのだ？」

「Sランククラスの依頼を最速で達成」

まぁ妥当なところだ。

上位の魔物の討伐などを適当に選んでも良いわけだ。

そして達成すれば適性アリと判断される。しかも最速なら、単純に考えれば一番早く仕事ができる。文句なくSランクに相応しい。

「ちなみにどんな依頼だった？」

俺の問いにユイが思い出すように顎に手を当てた。

そりゃそうか。こいつがSランクになったのは数年前だ。すでに記憶が朧気なのだろう。

「上位のドラゴン討伐」

「やっぱり討伐系だよな」

　まさか俺がたまに受けているFランクのドブさらいのような依頼なんてないだろうし。

「ふっ、まぁいいさ。私は負けない、絶対に。ソリア様の騎士として」

　たとえどんな試験が来ようとも負けない。

　そんな意志を感じる目をしていた。

「ええ、私も信じています」

　それに応えるソリア。

　ふと、ソリアが首を傾げる。

「そういえば、フィルはクエナさんとシーラさんと何かあったのですか？」

「うっ……！」

　あれ、もしかしてフィルが絡みに行ったことを聞かされていないのだろうか。

　フィルが慌てふためく。

「そ、それはその……！」

「クエナとシーラに一方的に喧嘩を売ったんだよな」

　にんまりと頬を緩ませながら俺は言った。

　これはちょっとした罰だ。

涙目になったフィルが恨めしくこちらを見てくる。

だが、その反面でソリアが驚きと怒りを混ぜ合わせた顔をした。

「それってどういうことですか……!?」

「そ、そ、それはぁぁあ~~……！」

ソリア様の騎士として、なんてフィルは言っていたが、あの行動はソリアの目に余るだろう。それを分かっているフィルは大慌てで弁解を始めるのだった。

いよいよ、俺以外の三人が帰る日になった。

着いた時と同様にギルド支部の前にいる。

「ジードは帰らないのか？」

「俺はあまり外の世界を知らないからな。一日くらい観光してるよ」

「そうか。……といっても、エルフの世界を知っている奴なんて少数だろうが」

「だからこそだ。知見はあって損はない」

俺は他の人よりも世間を知らない。

たった一日分の滞在でも、世界を知る機会を増やしたい。

「ふ。たとえ長くいても樹液は飲めないぞ？」

釘を刺すようにフィルが言う。

「分かってるさ……だが、飲んでみたかったな」

結局、確保できていた分は全て魔物たちに回された。

次に神樹が開花するのはどれくらい先になるのか……。艶やかで美味しそうな樹液を思い浮かべると、今にもお腹が鳴りそうに――。

「ん？」

ふと、地面の奥底から魔力を感じた。

ソリアが俺の異変を察知して問うてくる。

「ど、どうしました？」

「いや、これは――」

ぼこりっ、と遠慮がちに地面が盛り上がる。

突然のことにフィルが警戒しながら剣を抜く。ユイも一歩下がった。

俺もソリアの安全を確保するため間に入る。

「すっみませんでしたぁあっ！」

言いながら出てきたのは、いつぞやの土竜王だった。

両手足を揃え、地面に頭を付けながら俺に向かって言ってきた。

前に出会った時とは正反対の態度を取っている。

「まさかあのジードさんとはつゆ知らず不躾な態度を取ってしまいましたぁ！　田舎竜如きが調子に乗りました!!　ご容赦をおおお！」

半泣きの状態で縋りついてくる。

なまじ巨体なだけあって周囲の建物が壊れないか心配だ。

「これ！　樹液です！　どうぞお納めください!!」

土竜王が更に続けて言った。

木の樽に入れられた樹液を差し出してきながら。

「……急にどうした？　てか、なんで俺のことを？」

「ジードさんですよね？　ロロアが貴方のことをずっと『化け物みたいな人族がいる！』と言っていましたよ……？」

「ロロア？」

まったく身に覚えの無い名前だ。

俺が戸惑っているのを察した土竜王が首を傾げる。

「あれ、黒竜王の一人娘ですよ。覚えてらっしゃらないですか？」

「黒竜王……の一人娘……」

記憶を辿っていく。

ふと、神聖共和国での一件を思い出す。

「そういえば、なんか捕まってたやつが一匹いたな」

王竜の血統だとかで偉い騒ぎになって、大量の竜が押し寄せてきていた。

結局大きな争いにはならなかったが、一歩間違えれば大惨事だっただろう。

「それです、それです！　そいつがめちゃくちゃジードさんのこと話してて竜族でも噂で持ち切りなんですよ」

「……そうなのか。それで俺に樹液を？」

おそらく暴れた罪滅ぼしのつもりなのだろう。もしくは献上品ってやつか。

土竜王が俺の問いに答えるように頷く。

「ええ。ぜひ！」

「いや、でもこれおまえの分だろ？」

「我の分は地面に染み込んだ樹液がありますから！」

土竜王が健気に言う。

地面をちゅーちゅー吸うのだろうか。なんともシュールな姿を想像してしまう。

「なら貰おうかな。実はちょっと興味があったんだ」

「ええ、どうぞ！」

土竜王の巨体に反して、樽に入っている樹液は少ない。小瓶を数本満たして終わりだろう。

俺はパーティーメンバーの三人を見て言う。

「よし、じゃあ土竜王の好意に甘えて四人で分け合うか」

「んっ」

ユイがどこからか四本の瓶を取り出した。

口が狭く、容量の溜まる部分が大きい。フラスコだ。器用に指で挟んでいる。

というか、ユイがこうまで感情を露わにするのも珍しいな。

料理が得意そうだっただけあり、食材や美味しい物なんかには目がないのだろうか。

ユイからフラスコを預かり、樽から樹液を汲む。

汲み終えたら、それぞれに一本ずつ渡していく。

ちょうど四人分で樽の中身がなくなった。

「すみませーん！」

と、ルックの声がする。

支部の扉を開けながらこちらに顔を覗かせていた。

「そろそろ転移のマジックアイテムの接続が切れるので早めにお願いしますっ！」

「ってことらしいな。それじゃ樹液は各自で楽しむということで」

飲料にもなるのだろうが、かなりドロドロとして一気に飲み干すことはできないだろう。

「……!?」

『なんだと……？』と言わんばかりの顔をフィルがする。

それにソリアが代弁する。

「せっかくパーティーで集まれたのに……無念です」

「まあ、また集まる時もあるさ。その時は別のものでも食べよう」

「はいっ。また、絶対に会いましょう！」

「ああ」

これればかりは仕方がない。

ソリアたちがギルド支部の中に入って行く。

不意にユイがこちらに戻って来た。

フィルが目ざとくユイを見る。

「ユイ、どうした？」

「忘れ物。先に行ってて」

「ない。確認済みだ。戻って来い」

「ある」

と、口論を始める。

なんだ？　どういうことだ？　フィルの口調はこうなることが分かっていたような……

「やはり貴様、私とソリア様を先に行かせて自分だけジードとエルフの里に残るつもりだな!? 体のいい言い訳をしよって！」

「違う。先に行ってて」

「だぁぁぁ！　ジードを狙っているのに私たちと一緒に先に帰るなんておかしいと思ったんだ！　絶対に残らせないからな！」

なんて争いしてんだ、こいつら。

結局フィルがユイを引きずりながら支部の中に入って行った。

窓から彼女たちが王都に向かう様子が見える。

最後に彼女たちは俺に手を振ってきた。

「じゃあな」

届くか分からない声と共に、彼女たちに手を振り返す。

しばらくして、彼女たちの姿は光に包まれながら消えていった。

「さて、じゃあ俺も行くよ」

なぜか残っている土竜王に断っておく。

「あ、一ついいですか？」

最初の頃より小物感が随分と増している。

まるでドラゴンから置物になったような感覚だ。

「なんだ？」

「黒竜王の娘がジードさんに会いたいそうで、セッティングしてあげたいんですが」

「それなら会える日を聞いておいてくれ。そうしたら俺の方で都合をつけておくよ」

「了解でさ！」

ビシッと土竜王が前足で器用に敬礼する。

用事は済んだとばかりに土竜王が地面に潜っていく。

かなりの巨体だからいちいち周囲への影響が大きい。だが、気を使っているのか被害はないようだ。潜っていった場所は元の地面と変わらない。

踏んでみたが固さもある。本当に器用だ。『王』ってだけある。

ふと——人の気配を感じる。

思い悩んでいるような、そんなシルレと鉢合わせした。

「なにやってんだ？」

「ジードさん……！　いえ、私は……」

俺を見ると一瞬だけ嬉々（きき）とした顔になる。

しかし、すぐに陰りを見せた。

「どうした？」

「……その。依頼をしたいんです」

深刻な顔でシルレがそう言った。

第五話　新しい依頼

ギルド支部の中。

俺とルックはシルレの『依頼』を聞いていた。

「近くの森にダークエルフという種族がいるんです」

「ああ、かつてはエルフと共生していましたよね」

ルックがお茶を出しながら相槌(あいづち)を打つ。

「そうなんです。ですが、少し前にいざこざが起こって以来、ダークエルフは別の森に住むようになっていたんです」

「少し前？　十年や二十年前まではこの近くにはエルフしかいなかったと聞いたが」

「ええ、ですから五十年か百年ほど前でしょうか」

「……そうか」

時間の感覚が分からない。五十年から百年って間隔が大きすぎないだろうか。それじゃあシルレは何歳なんだ？……この話は気にしないようにしよう。

「ダークエルフとは神樹の樹液を分配する以外で接点はありません。彼らが住む森は神樹の加護がある領域にはないのですが、そこは昔から住んでいた者への配慮として……」

「樹液の量に文句を言い出した、というようなことですか？」

ルックが言う。

直近の揉め事になりそうな要因といえば樹液だろう。

しかし、シルレは首を横に振った。

「実はダークエルフがこちらに攻め入る、という密告がありました」

「そんな……！」

「そりゃまた過激だな。どうして？」

「理由は分かりません。ただダークエルフでも穏健派のオプティという男性が言うには過激派と、中立だった派閥が攻め入ることで合意しているとのことです。争いを回避するためにダークエルフと話し合いの場を設けるつもりですが、聞き入れてくれるか……」

単純に考えるなら弱ったエルフを取り込もうという算段だろう。

賢老会が消えて魔物の侵攻を耐えきった。しかし、そのせいでかなり消耗しているから。

つまり、

「だからギルドに依頼をしたいってわけだ」

「……はい。何度も申し訳ないのですが、エルフも戦える者が限られていて……。こうなっては外部の戦力に頼るしかないのです」

「それがギルドですから、遠慮なくご依頼ください。攻め入ってくるのはいつですか？」

「まだ不明ですが、数日中には」

「……そうですか」

ルックが苦々しい顔つきをする。

不安そうなシルレが尋ねた。

「集まりそうにありませんか？」

「そうですね。多額の金銭がかかりますが、緊急依頼や指名依頼を行えばある程度は集まるかと思います。……それでも種族単位を相手取っての防衛になると……」

緊急依頼、指名依頼。

すでに依頼遂行中の冒険者には、依頼の引き受けを拒否している者もいる。

そしてこの依頼は『戦争』規模のものになる。

さらに遠方のエルフの依頼だ。

ルックは言葉を濁してはいるが、来られる冒険者は少ないだろう。

「そう……ですか」

察したシルレはどこか浮かない顔だ。

「まぁ気を落とすな。俺も受理するから」

「いいんですか!?」

シルレが驚愕(きょうがく)する。

どうやら俺は依頼を引き受けないものだと考えていたようだ。

それもそうか。

今回の依頼だけで一か月近くも滞在したのだ。ソリアたちも帰還したし、俺も依頼を受けるだけの時間がないと考えていたのだろう。

「ああ。でも他の奴らは忙しいみたいだからパーティーじゃなくて俺個人になるけど」

「いいえ！　ジードさんは居てくださるだけでもありがたいです……！」

そう言われると俺も嬉しくなる。こうして必要とされるのは悪くない。

不意にルックが「あっ」と漏らす。

「ジードさんの貸家は明日で退去すると伝えてありました……」

「それなら別に野宿でも構わない」

今まではフィルやユイが一緒だったから貸家に寝泊まりしていた。

だが、俺はそもそも野宿には慣れている。

エルフの里は宿もない状態らしいから仕方ない。

そう思っていたが、シルレが顔つきを変えて言ってきた。

「ダメですっ！　ジードさんをそのような扱いにするわけには参りません！　我が家にどうぞ！　ラナも歓迎してくれますよっ！」

「お、おう」

鬼気迫る姿にちょっと怯む。

「あの、シルレ様。ジード様なら私の家か、新しく貸家を用意しますので、そこまでされなくとも大丈夫ですが……」

「いいえ。そこまでお手数かけてしまっては申し訳ないのです。私が急ぎで依頼をしてしまいましたから。ひとまずジードさんは家で」

「そ、そうですか。そう言ってもらえると助かります。他の冒険者が来た時のためにも貸家は残しておきたいですから……。ジードさんもそれで構いませんか？」

ルックが最終確認とばかりに問う。

俺としては野宿よりも断然マシだから何の不満もない。むしろありがたいくらいだ。

「ああ。シルレ、よろしく頼む」

「はいっ」

シルレが満足そうに笑みを浮かべた。

それから夜になり、俺はシルレの家に案内された。

玄関先で俺を出迎えたのは、シルレの妹のラナだった。

すっかり元気な様子で微笑んでいる。

「ジードさん、捕まっていた私を助けてくださってありがとうございました！」

真っ先に頭を深く下げてきた。

「ああ。けど、そんな改まらなくても良い」

「いえ、言わせてください。あの時は混乱もあって、うやむやなままでした。それに里も神樹も……救ってくださいました……！　本当に……本当にありがとうございます！」

「――それに私も助けられましたし、これからも助けられますので」

後ろからシルレも顔を覗(のぞ)かせた。

両手には何やら持っている。調理器具だろうか。

そういえば二人ともエプロン姿をしている。奥から良い匂いも漂っている。

「ジードさん、ご飯を作ってるので一緒に食べましょうっ」

ラナが手を引っ張る。

ああ、なるほど。料理をしていたのか。嗅いだことのない匂いだ。エルフの郷土料理ってやつだろうか。

それから手荷物を任せて席に着く。

「そういえばエルフの料理を食べたことなかったな」

味の違う串肉や軽食の店にならハッキリと違いはあったが、本格的なものを食べるのは初めてかもしれない。

テーブルに並べられているのは野菜がメインのようだ。

三人で「いただきます」をして口に入れていく。美味（おい）しい。あっさりしているが風味が良く口の中に余韻が残る。

「ジードさん」

食べ進めているとシルレが言った。

「ダークエルフと会う日程が決まりました。明日、あちらの領地で話し合いをします」

「そうか。付いていけば良いんだな？」

「助かります。当日は武装した数人のエルフも同行しますが、ジードさんもお願いします」

「了解だ。任せておけ」

俺が受けた依頼はエルフの里の防衛だ。

しかし、この依頼にはシルレの護衛も含まれる。もしもシルレが意識不明や死亡するなんてことになればそれどころじゃなくなる。

「そっか。話し合いをすることになったんだね」

俺たちの会話を聞いていたラナが手に持ったスプーンを置きながら言った。

「ラナ……」

「……大丈夫なの？　弱った今のエルフが戦争なんかしたら……」

「大丈夫よ。そうならないために私が行くの」

「でも、もしも罠だったら？　シルレ姉さんが危ない目に遭うのも嫌だよ……っ」

純粋な想いだ。

争いは嫌だろう。身内が危険な場所に行くのも嫌だろう。

それでも誰かが行かなければいけない。

だからこそ、俺がいる。

「――安心しろ。依頼を引き受けたからにはエルフの里もシルレも全力で守ってみせる」

「ジードさん……っ！　シルレ姉さんとエルフの里を……どうかお願いします！」

「もちろん守る。――おまえも、な」

俺が守るのはエルフの里。つまりラナも含まれている。

そういう意味で言うとラナは頬を赤らめながら嬉しそうに頷いた。

◇

「ふぅー」

今、俺は風呂を借りている。

ここには人族の暮らしと変わらずシャワーがあり、風呂場がある。

程よい温度の湯が出るマジックアイテムで身体の疲れも一気に取れていく。

風呂は良い。

ベッドとトイレと風呂は本当に休まる。

肩まで浸かる。

熱が身体全体を伝っていく。

気が抜けていく。瞼が安らぎから重くなる。自然と暗転する。

ふと、脱衣所の方から音が鳴る。

浴室ドア越しのモザイクがかったシルエットを見るにラナだろうか。

「すまん、入ってるぞー」

「ええ、知ってますよー」

「そうかー」

生温い返事だ。

そうか、知っているか。

にしてはラナは服を脱いでいるような気がする。伝え間違えただろうか？

「入ってるぞー？」

「ええ、知ってますよー」

「そうだよなー……知ってるよな……？」

最後の方は願望のような呟きになる。

だって、明らかに服を脱いでるもん。タオルを身体にあてて今にも扉を開きそうなんだもん。

あれ、俺の知らない言葉でもあったのだろうか？

「ラナー？　どこー？」

不意に奥から声が聞こえてくる。シルレだ。

イントネーション的にラナを探している。

「なにー？」

ラナが返す。

少しだけ間が空く。シルレの驚愕が生じた間から伝わるようだった。

「ちょっ、まさかお風呂場に!?　今はジードさんが入ってるわよ!?」

「知ってるー」

「知ってるじゃないわよ!?」

シルレが脱衣所のドアを開く音がする。

ラナのシルエットと重なる。

「ほら、シルレ姉さんも脱ごっ」

「なに言ってるの!?　こら、やめなさい！　ジードさんの前でふしだらなところを見せてはいけませんよっ!?」

「えー、でもお背中くらい……」

「そういうのはもっとお近づきになってからじゃないと、破廉恥だと思われるわよ……!?」

「でもでも、シルレ姉さん『ジードさんみたいな方がいてくれたら』ってずっと言ってるじゃないの！　パーティーの人たちがいない今がチャンスなんじゃないの？」

「そっ、それはっ！　良いから出るの！」

「むーっ！」

くんずほぐれつしている。

もはやその絵面だけで眼福だったが――。

風呂場の扉がガタンっと押し開かれる。

反動で二人が床に転がる。

シルレは大きくはだけた衣服で。

ラナに至っては何も着ていない。

素肌が過剰なほど露出されていて――。

「きゃぁぁぁぁぁっーーー！」

シルレの叫び声。

ラナも恥ずかしさはあるのか顔を赤らめている。

——長く生きているようだが、こういった時の羞恥心は変わらないらしい。

俺も顔を赤くしているかもしれない。

それはのぼせているからなのか、それとも目の前の景色に——。

なにはともあれ、このまま見続けるのもアレだからと浴槽に顔を浸けた。

◇

翌朝になった。

シルレと数人のエルフと共にダークエルフの土地にまで来た。

『神樹の加護が届かない』というから遠い場所を想像していたが、予想よりは遥(はる)かに近い。

森と森の間に草原などはなく、ただ光差すようなエルフの森とは違い、幽暗とした雰囲気で「ああ、ダークエルフの領地に入ったのだな」と気づく。

少し進むとダークエルフの一団と出会う。敵意はない。

探知魔法を展開済みなので存在には気づいていた。周囲に隠れているやつもいなそうだ。

「オプティさん、どうも」

「ようこそ、シルレ様。これより先は私が責任を持ってご案内いたします」

オプティと呼ばれた中年の男は頭を軽く下げながら歓迎した。

ダークエルフ。

長い耳はエルフと同じだが、肌色は反対の褐色だ。

オプティといえば穏健派とシルレが言っていた奴になる。この話し合いのセッティングも彼がしたのだろう。

それから彼の案内の下、ダークエルフの領地を歩く。

……随分と魔物の気配が多い。

エルフの里の方も自然溢れる森だったから魔物はエルフ族よりも多かった。しかし、互いの領域を侵すことは少なく共存できていた。

だが、ここは喧騒に包まれている。油断のできない森のようだ。

「ここです」

着いた場所は大きな家屋だ。ダークエルフの里の中ではないようだな。

辺りに人の影はなく、中に数人いる程度だ。

シルレが先に入り、後から続く。

中は質素なつくりで円卓を囲むように椅子があった。

先客のダークエルフで座っている者は二人。

一人は普通だが、もう一人は老けている態度の大きそうな男だ。

普通な方が立ち上がる。

「どうも、エイトスと申します」

エイトス。おそらく中立派の男だろう。

あまり敵意を見せずに礼をした。

「初めまして。エルフ姫のシルレです」

「――おい！」

シルレが名乗った辺りで怒号が響く。

それは不遜な男の方だった。そいつは俺の方を睨むように見ている。

「なんで人族がいるんだ！　ここは神聖なダークエルフの大地だぞ！」

神聖なダークエルフの大地、ね。それにしては狂暴そうな魔物の気配が大部分を占めているようだがな。

「申し訳ありません。ダプト様」

「ふんっ、舐めた真似をしやがって」

どうやらシルレの知った顔のようだ。

ダプト、そう呼ばれた男はシルレが大人しく謝ると愚痴を吐き捨てた。威嚇を兼ねた虚勢だったのだろう。

俺が人族じゃなくとも何かしらの嫌味を見せつけていたのかもしれない。

それからオプティとシルレが席に着いて話し合いが始まる。俺は護衛のためにシルレの背後に付いている。

――話し合いはあまり良いものではなかった。

エルフが現在、保有している領地の半分をダークエルフに譲渡すること。また資源を無条件で提供すること。

あまりに理不尽な条件が並べられていく。

シルレはなんとか妥協点を探しているようだが、どうにも話がまとまらない。オプティもフォローしているが中立派のエイトスと過激派のダプトが譲ろうとしない。

もう彼らの中には戦争の一択しかないようだ。

（それでも……）

ダークエルフ側は話し合いには応じている。

なぜか。

オプティが会談をするように説得したからだろうか。それにしてはエルフ側に条件を呑ませようとかなり粘っている。

本音は戦いたくないのかもしれない。

どうしてだ。弱っているエルフを叩くなら今しかない。むしろ話し合うことはこちらの時間稼ぎにも繋がる――。

どうにも腑に落ちない態度だ。

――ふと、探知魔法に巨大な存在が引っかかる。それも幾つも。

あまり広く展開していなかったため気づくのが遅れた。すでにかなり接近されている。

外も喧騒に包まれてきた。

「し、失礼しますーッ！」

ダークエルフが入ってきた。

顔中から汗を垂らしており、その緊急性が伝わる。

「――大量の黒竜が我らの領地に――――！」

「なにぃっ!?」

ダプトが飛び跳ねる。

黒竜か。

――まぁ、探知魔法に掛かった時点で分かっていた。

見知った魔力だったからな。

「ジードさん」

大丈夫？　と言わんばかりにこっちを見てくる。

安心させるために笑みを浮かべて頷く。

「平気だ。俺が行く」

外に出る。

後ろから様子を見ようとシルレやダークエルフたちも付いてくる。

太陽の光があまり届かないほど大木が密接に絡まった隙間からでも、巨大な影が空高くで蠢（うごめ）いているのが分かる。肉眼だけでも十四は確認できるだろう。

ちらり、と先頭の黒竜と目が合う。

すると喜びを身体（からだ）で表すかのように、突風のようにこちら目掛けて飛んできた。

ダークエルフたちが反撃に出ようと魔法陣を展開する。――が、下手に攻撃されても面倒なので魔力で消し飛ばしておく。

はてなマークが浮かんでいるようだが、説明をする前にドシンっと自重を地面に投げて降りてきた黒竜たちへの応対が先だった。

「久しぶりだな、ジード！」

「おう、まさか会いに来るとは思わなかったが」

「ふふ、土竜王に聞いたら待てなくてなっ！　元気そうでなによりだ！」

快活にウキウキした姿を見せながらロロアが言う。

フリフリしている尻尾が地面に当たる度にえげつない音を出している。

ロロア以外の黒竜は近くに着地していたり、降りられるスペースがないからと大木の上や空中を飛んでいる。

「ジ、ジードさん、その黒竜は……」

シルレが恐る恐る声をかけてくる。

「ああ、昔ちょっとあってな。害をなそうってわけじゃないから気にしなくても良い」

見ると誰もが警戒している。これはちょっとマズいな。

視界が良好じゃない土地だったから良かったが、もしもこれが王都近辺だったりエルフの里だったりしたら辺り一帯を巻き込んでの大変な騒ぎだっただろう。

「悪いな。今は依頼中なんだ。また時間を見つけて会いに行くから今日のところは土竜王のところにでも居てくれないか」

「ぐぬぅ。王竜の血族たる私にそんな態度……！　本来ならあり得ないところだがジードだからな！　待っててやる！」

「ああ、悪いな」

言うとロロアが飛び立つ。

「待っているからなー！」

ロロアが嵐のように去り、会議が再開した。

一時は騒然としていたが、害がないと分かるように黒竜には立ち去ってもらったため落ち着きを取り戻している。

「お騒がせしてしまい、申し訳ありません」

シルレが俺の代わりに謝罪する。

そこでダプトが腕を組んでふんぞり返る。

「ふん、あの程度の魔物が来たからといって騒ぐとは、貧弱なエルフらしい。我らダークエルフは日常茶飯事だ。それでは議題に戻るとしようじゃないか」

自分を強く見せるように言ったダプトが不意に隣の席に座る中立派のエイトスを見る。

——エイトスはブルブルと震えていた。

エイトスが俺を一瞥して、シルレの方に向きなおる。

最初の頃とは違い、随分よそよそしい。

「そこの人族の……ジードさんとは何者なのですか……？」

すごい今更な質問だな。

今までは眼中になかったようだ。一人だけエルフとは違う異物であるにも拘わらず。

「彼はエルフが協力を仰いでいるギルドの冒険者です」

「Sランク冒険者のジードだ。よろしく頼む」

彼らも依頼人になるかもしれない人たちだ。

念のために挨拶しておく。

しかし、警戒しているのか誰も返事をしようとしない。

代わりにエイトスが顔を俯かせる。

「……そ、そうですか」

かなり怯んでいる。さっきの黒竜たちの来訪が響いたのだろう。あれは威圧するには十分すぎるほどの戦力だからな。

「――ッ！　ふざけるなぁ！」

円卓を殴りつけながらダプトが立ち上がる。

そして俺を指さした。

「エルフはそこの人族とドラゴンに操られているのだろう！　こんなパフォーマンスをしてなにが楽しい！」

「パ、パフォーマンス……？」

急な発狂にシルレが戸惑う。

というか、ダークエルフ側も突然のことに驚いているようだ。誰もがダプトの方に視線を集めている。

「パフォーマンスだろうが！　あのように竜族を大量に寄こして、こちらの出端をくじこうとするな！」

あの程度の魔物は日常茶飯事じゃないんかい。

「いえ、あれは予想外のことです。そもそも我々は争うつもりは……」

「ええい、黙れ！　貴様らとは交渉の余地がないようだな!?」

ダプトが席を離れる。

それからエイトスの方にまで向かい、片手を鷲掴みにして立たせる。

「来い、帰るぞ！」

どうやら及び腰になったエイトスに勘付いての行動らしい。

しかし、エイトスはそんなダプトには乗り気じゃない様子だ。

「な、なぁ……ダプト。もしかすると彼なら……」

「……貴様ッ！」

なにかを言いかけたエイトス。

しかし、言い切る前にダプトが腕を振り上げる。

殴りはしない。脅しだ。それ以上は喋らせないためのものだ。

「ダークエルフの矜持を忘れるな！　あの人族が協力だと!?　笑わせるな！　乗っ取りに来ているだけだ！」

そう言うとエイトスを引きずるようにしてダプトたちが外に出て行った。

魔力の気配がどんどん離れていく。なんともあっけない幕引きだ。

シルレに問う。

「止めなくてよかったのか？」

「あれは私が干渉できることではありませんでしたから」

「そうか。悪かったな、場を乱してしまって」

結果的にこうなってしまったのは俺の責任だ。

ダークエルフとエルフの交渉の場に呑気に赴いてしまった。黒竜を意図していないとは言え招いてしまった。

迂闊な行動が多いな。

だが、俺の考えに反してシルレが微笑む。

「むしろ感謝していますよ。もしもあのまま続けていても平行線でした。どちらかが譲るまでの頑固な言い合いです。エルフもダークエルフも交渉には不慣れですから、相手を突き崩せる決定打が欲しいのです」

場に残っていたオプティも頷いた。

「少なくともエイトスの考えは変わったはずです。これで事態が好転すれば良いのですが。また必ず会談の場を設けますので、その際はよろしくお願いします」

オプティが頭を下げて部屋から立ち去った。

「それじゃあ私たちも行きましょうか」

「ああ」

最後にエルフ勢が立った。

◇

時間が空いたのでロロアのところに行く。探知魔法があるので場所の特定は容易だった。

近づけば近づくほど生き物の気配が消えていく。存在感だけでも格別ということだろう。

竜がたむろしている空間に着く。

十四の黒竜を連れたロロアがそこにはいた。

これは確かに威圧感がある。

「おっ、ようやく来おったか！」

ロロアが声を弾ませる。

もうダークエルフの土地で会っているが改めて挨拶する。

「久しぶりだな。神聖共和国以来……というか、そこでしか会ってないか」

「うむうむ。その不遜な態度は相変わらずのようで何より。あの時は互いの矛を収めてくれて感謝しておるぞ！」

「なんだ、怒ってないのか？」

不思議に思う。

竜というのはワガママが特徴だと様々な文献や資料に載っている。生物として完成されているため、まるで神のような振る舞いをするのだと。

だからこそ自らの行動を阻害されれば腹を立てても仕方ないはずだ。

そんな俺の予想に反してロロアは平静だった。

「あの後、ウェイラ帝国が竜族に対して不審な罠を張り巡らせていたのを察知したのだ。ジードが止めねば多くの犠牲を出すところであった」

「へぇ」

ウェイラ帝国が罠を仕掛けていたのは知っている。

そもそも威信を見せるためにロロアを捕縛していたのだ。ルイナならば竜の襲来も予期して罠の一つや二つは確実に用意していただろう。

ただ俺は竜族が調査をしていたところに感心した。傲慢な種族だと誤解されているようだが、こいつらなりに敵となりうる勢力は調べているのだろう。

「まぁ、もしも犠牲が出ていたら父上が出陣して総出でウェイラ帝国を潰しておったがな！」

がはは、と笑うロロア。

……まぁこれは傲慢ってよりも慢心だろうか。実際に戦えば結果は分からんが。

「まぁ俺が止めたことで無意味な犠牲が出なかったんなら良かったよ」

「うむ。だから感謝しているぞ！」

「気にするな。あれも俺の仕事だったからな」

「ふふ、照れるな照れるな」

弄るように言ってくる。

照れているわけじゃないんだが、まぁそういうことにしておこう。

「しかし、こっち方面の森は静かだの」

「こっち方面の森？」

「うむ。ジードと久しぶりに顔を合わせた方の森は騒がしかったから。ま、私たちにビビってただけだろうけど」

エルフの領地とダークエルフの領地だろうか。

神樹の影響もあって、エルフの森は割と静かだからだろうな。

「それで何の用だ？　わざわざ俺の顔を見るためだけに来たわけじゃないんだろう？」

ここからが本題だ。

まさかその程度の会話をするためだけに会いに来たわけがない。

可能性としてはウェイラ帝国を潰すために加担しろ、だろうか。

あの時は引いたが結局捕縛した真犯人が帝国であることはもう知っているはずだ。

借りを返す。

そのために犯人をうやむやにした俺も責任をとって助力しろ、とかだろうか。

なんて考えていたが、ロロアは首を傾げて口元に指を当てる。

「ふむ……？」

「顔を合わせるためだけに来たんだな。深読みして悪かった」

「うむ！　あれ以来ずっとジードのことを考えてばかりいた。だから会えるとなったら会いに行くものだろう！」

　まぁそもそも竜族が人族である俺の手を借りようとは思わんか。

　しかし、会うためだけに来るとは暇な奴だ。いや、行動力があると褒めるべきだろうか。

「そうか。だけど次からは人目に付かないようにした方が良い。竜族の巨体は注目を集める」

　ダークエルフもかなりあたふたしていたからな。

　もしもあれが王都のど真ん中で行われたとすると混乱に陥ることは間違いない。

「たしかに。前のように捕まっては困るしの。まぁ、そのために父上に護衛を付けられたわけなんだけど」

　ああ、そのための十四の黒竜か。決して少なくない。見かけるのが稀なほどの上位種だ。

　一匹一匹が静かに辺りを警戒しながら護衛にあたっている。

「しかし、せっかく来てくれたところ悪いんだが依頼中なんだ。もてなしってやつもできない」

「構うな構うな、そんな些事を気にするほど器は小さくないわ」

「そうは言ってもな……」

　うーん、と悩みながら身体中を探ってみる。

なにか良い物はないか、と思い至り、フラスコがあった。

「これとかいるか？　神樹の樹液だ」

「おうおうおう。なにやら良い香りがすると思えばそれか」

フラスコを器用に持ち上げてロロアが匂いをかぐ。

しかし、すぐに疑問符を頭上に浮かべていた。

「いや、これはまた別の良い匂いだな」

「ん？　でも匂いを放つものはそれ以外なにも……」

ロロアが顔を近づける。

鼻腔（びこう）をふんふんとさせながらニヤリと笑う。

「ジードの匂いだった」

「……そうか」

嬉々（きき）とした表情だ。

なんだ。それは味覚的な意味での良い匂いということだろうか。

それはそれで嫌だな。

しかし、体格の大きさからフラスコがまるで小石のようなサイズに見えてしまう。

どうにも贈り物としては不十分ではないだろうか。

そう思ったが、ロロアは満足そうに頷（うなず）く。

「せっかくのお主からの贈り物だ。ありがたく頂戴するとしよう」

口調は沈着そのものだが、尻尾は思いっきりブンブン振られている。振りすぎて土ぼこりが舞っている。

喜んでもらえたのならなによりだ。

「それじゃあ会いに来てもらって悪いが俺はもう行く」

「なんだ、もう行くのか」

「ああ。言ったろ、依頼中なんだ」

いつ攻められてもおかしくない状態でエルフの里から離れることはできない。

しょんぼりした様子のロロア。

「それならば仕方ない。では、いつか竜の里に来てくれ」

「竜の里？」

「うむ。そこでなら人の世など関係なく私と居られるからな」

「まぁそのうちな」

「本当か！　絶対来るんだぞ！」

「分かったよ。じゃあな」

別れを告げる。

ロロアが前の手を振りながら、また会おうと約束するのだった。

第六話　覆された惨劇

私は――怖かった。

平穏に暮らしていた私の生活は急に奪われた。

黒ずくめのエルフたちに連れ去られて、どことも知れぬ場所へ放り込まれた。

さらなる平穏へ――。

私から発せられるジャラジャラという鎖の音や声以外はなにも聞こえない。そんな『平穏』な空間だった。

稀に乾きものの食事が落ちてくること以外は変化も何もない場所だ。

水はマジックアイテムから補給できる。そのマジックアイテムも一か月で切れるけど、二週間前後でまた落ちてくる。

なにもない。

なにもない。

――なにも。

心が壊れそうだった。

なぜ私を捕らえたのだろう。

そんな疑問が湧いてくる。

答えは簡単だ。姉がエルフ姫になったから。だから悪い勢力に攫われた。人質として。

そんな答えに至ることは容易かった。

けど、抗うことは難しかった。

鎖を外す力もなく、外せたとしても暗闇の中で無暗に動くことはできない。おそらく幾つもの魔法陣が敷かれているから。解除の魔法も心得ていない。

こうして姉の足手まといになることが嫌だった。

私が傷つくよりも、一人ぼっちにされるよりも嫌だった。両親はおらず、血の繋がった親戚がいるくらい。

小さい頃から一緒に育った姉に迷惑をかけたくなかった。

そんな思いを抱きながら、私はずっと捕まえられていた。

一人で、十年、二十年と時が過ぎていく。

もう外の景色を忘れた。

家がどんな場所だったのかすら忘れた。

姉の顔も声も、遠い遠い記憶になっている。

意識すらもぼやけてきた。

きっと本当に壊れてきたのだろう。

でもこの身体も心も頑張ってくれた。もしも他の種族だったら、これほどの長い時を捕らえられていたら十日も持ちこたえられなかっただろうから。

重たい瞼を閉じよう——とした時。

「……間違いないな」

そんな小さな声がした。

他人の声なんて久しぶりに聞いた。幻聴なら何度も耳にしたが、ここまで確かな声は本当に久しぶりだ。

思わず起き上がる。

人が、確かにいた。いつぶりだろう。咄嗟に口を開く。が、喋る前に目の前の人が口元に人差し指を持っていき「シーっ」と言う。

静かに、ということだろうか。

それから床に手を置いた。

パリン、パリン、という音が連続したり、五芒星が淡く光ったりする。

「これで大丈夫だ。おまえはエルフ姫シルレの妹か？」

男の人がそう尋ねてきた。

声、出せるだろうか。

「……あなたは？」

かすれ気味になっている、久しぶりに聞く自分の声。

言葉すらも忘れかけていた。

「俺はジードだ。訳あってシルレの妹を助けたい」

ジードと名乗った男の人は、敵意も悪意もなく、純粋な気持ちでそう言っているようだった。

私を助ける……？

思わず、名乗った。

「私はラナです。ラナ・アールア……」

「妹で間違いないな？」

ジードさんが確認するように問うてきた。

おかしい。私の名前を知らないのだろうか。助けに来たのに？　確認をしているだけかもしれないけど、少しだけ気になった。

「はい。あの」

「なんだ？」

「あなたとお姉ちゃんはどんな関係なんですか？」

「どんな……って」

ジードさんが言い淀(よど)む。

やはり、なにかおかしい。救う者の名前も知らずにこんなところまで来るだろうか。

「赤の他人だな」

「……赤の他人なのに私を助けるんですか？」

「ああ、そうすることで俺も助かるからな。ほら」

手を差し出される。

ジードさんも助かる？　よく見れば耳が短い。普通の人間だ。

どちらにせよ、私には彼に抗う手段がない。それなら賭けるしかないだろう。頷き、手を取る。

「いきなり明るくなるから目を閉じておけ」

ジードさんはそう心配してくれた。

もしかすると良い人なのかも、そう思いながら相槌を打つ。

それから辺りが明るくなる。

まずは香りだった。

自然豊かな、懐かしい匂いが鼻に届く。

それから瞼を刺すような光も消えて、目を開くと懐かしい家があった。

一瞬だけ戸惑う。でもすぐに思い出した。

小さい頃から住んでいた家だ。

私と、シルレ姉さんの家だ。

「――――……っ！」

懐かしさで涙が溢(あふ)れ出る。

それから、家の中から姉が出てくる。

懐かしい顔が視界に入る。

私の顔を見て、膝を地面に落とした。

「シルレお姉ちゃん……！」

恰好(かっこう)をつけて、いつからか「姉さん」と呼んでいた私の中で、小さい頃の「お姉ちゃん」呼びが目を覚ます。

「ラ……ナ？」

「お姉ちゃん……！」

私たちは久しぶりの再会に抱き合うのだった。

◇

それからしばらくして色々なことがあった。

賢老会がエルフを支配しようとしたり、神樹様が朽ちそうになったり……。

でもその度に私を救ってくれたジードさんが助けてくれた。

きっと彼は白馬の王子様というやつなのだと思う。

シルレ姉さんも随分と気に入っているようで、事あるごとに「ジードさんのような方がエルフの里に居てくれれば」と言っている。

その点は激しく同意したい。

けど私の考えとは少しだけ違うんだと思う。

シルレ姉さんはジードさんに「戦力」として居て欲しいのだろう。その上で、私と同じような気持ち――ただ傍に居て欲しいとも考えているはずだ。

私は純粋にジードさんの傍に居れば安心できるんだけど。やはりシルレ姉さんにはエルフ姫としての責任があるんだと思う。

まぁ、でもジードさんが欲しいと願うのは変わらない。だから、私たちの家にいる間は積極的にアピールしないとっ。

まずは胃袋を摑むところからなんだけど――。

私は食材の買い出しに来ていた。

腕に掛けている麻のバッグを確認する。

よしよし、これで今日もバッチリ美味しいものを作れるぞ。

ジードさんの美味しそうに食べる姿を見ればニマニマが止まらない。

不意に――横から手が伸びる。
それは家と家の間にある暗闇から。
どこか似たような光景だった。
そうだ。
私があの時に捕まった時の――。
反射的に横を見るとダークエルフの男性がいた。
ああ――私はまた。
いやだ。
いやだ。
シルレ姉さんと離れるのはもういやだ。
あんな暗闇はもうごめんだ。
今度こそ私は持たない――。
――ジードさん
私の心の声に呼応するかのように、迫る手が止まった。
いや、止められていた。
「まったく、おまえは捕まりっ子の体質なのか？」
「――ジードさん！」

ダークエルフの手を摑んで登場したのは――やはり私の白馬の王子様だった。

ラナを捕らえようとした手を摑む。褐色肌だ。

やはり、ダークエルフだった。

人に接触しないように怪し気に動いている者がいたから追ってみれば、目的はラナだったようだ。

エルフ姫の妹という立場は相当に難儀なものだな。

「大丈夫か？」

呆(ほう)けているラナに問う。

俺の言葉にハッと気を取り直したラナがまごまごしながら頷(うなず)く。

「は、はい。ありがとう……ございます」

「ああ。狙われやすいようだから鍛えておけ」

ラナに告げるとダークエルフの男が空いている方の手で俺の肋骨(ろっこつ)の隙間に貫手(ぬきて)をしてくる。

骨の折れる嫌な音が響く。

嗚咽(おえつ)の声がダークエルフから漏れた。

「グァ……！　なんで……！」

折れたのは男の手だ。彼は隙を突いたつもりだろうが、会話程度で油断するわけがない。

「交渉段階で人攫いに来るとは悪質だな」

「おっ、俺は一人で……ダークエルフの種族とは関係ないっ！」

「そこら辺は俺に弁解するな。おまえらはシルレに渡す」

「……おまえ……ら？」

男が動転する。

鳩が豆鉄砲を喰った、そんな顔だ。

「おまえだけじゃないだろ」

「い、いや、俺だけだ！　誰も来ちゃ……！」

「四人だろ。おまえを含めれば五人」

「……――っ!?　み、密告者が……!?」

狼狽した男がまず疑ったのは仲間だった。

こういうのは密告者がいると答えた方が良いのだっけか。仲間同士で疑心暗鬼を生じさせて口を軽くさせるという手法がギルドの教本にあった。

とりあえず怪しく笑って、

「さぁな」

と答えておく。

男の顔が真っ青になった。

よし。演技が上手くなったようだ。

日頃から顔芸を鍛えていた成果が見えてきた。スティルビーツ王国では散々な言われようだったが、多少はマシになったということだろう。

「くそ……あいつらが裏切るわけ……裏切るわけがない……！　裏切るわけが……！」

男が自分に言い聞かせている。どうやら信頼が揺れているようだ。

まぁ、誰も裏切ってはいないんだがな。

ただ探知魔法で怪しい気配があったから追っていただけで、他の四人とも先に捕まえているだけだ。

ラナの誘拐の成功率を上げるために分散したのが間違いだったというわけだ。

「一応、言っておく。自白すれば罪を免除しよう」

俺が言うとダークエルフの男が困惑する。

どうやら迷っているようだ。忠誠心か自らの安泰かを。

――これ面白いな。

交渉術だとか今まで一切試してみる機会がなかったが、殴り合わないで戦うというのも楽しいものだ。

交渉に近い駆け引きは戦闘中もするが、言葉ではなく間合いや視線誘導ばかりだからな。

「あ、あの。ジードさん……その、エルフには……」

ラナが不安そうな目をしてくる。

続きはなんとなく察せられる。俺が言った『罪の免除』についてだろう。そんなものがエルフにあるのかは知らない。ラナの態度を見るにそんなものないのだろう。

だが、

「大丈夫だ」

「……？」

俺はラナに微笑みかける。

彼には色々な罪がある。エルフ領に無断で入ったこと、ラナを捕らえようとしたこと、そして俺に殺意を持って貫手を繰り出したこと。

別に『どの罪』を免除するとは言っていない。俺を殺そうとした罪なら、俺が許せば大目に見てもらえるだろう。

戦闘ばかりの毎日だったが、たった一言にこうも頭を使うとは。

我ながら成長を実感できる。これからも機会があったらやってみよう。

「お、俺の家族の安全も保証してほしい……！」

「……いいだろう」

どうやら口を割ってくれるようだ。

まぁ、味方してくれるやつをシルレも粗末には扱わないだろう。

ひとまず、シルレの下に連れて行った。

◇

エルフの里の一角。

大木二つが腕を組むように絡まって一本の小さな木を太陽から遠ざけている。

その小さな木の割れた幹を下っていくとエルフの地下牢がある。

「聴取が終わりました」

シルレが中から出てきた。

俺が捕らえてきたダークエルフから話を聞き終えたようだ。

「ああ、どうだった？」

「ジードさんのおかげで洗いざらい吐いてくれました。彼らはダプト派のダークエルフで、命令されてラナを捕らえに来たそうです」

分かり切っていたことだが、狙いは交渉で優位に立つことか。

安易な考えだが、ストレートな効果がある。

「どうするつもりだ？」

「……実は、ダークエルフ側もかなり弱っているようなのです」

「ああ、そうだろうな」

「知ってらしたんですか？」

「ダークエルフの土地は魔物が多すぎた。それに加えて会談の立地の悪さ。おそらく住処が相当荒れているんだろう。神樹の周りから出て行ったのは良いが魔物に対処しきれなかったってところかな」

「……さすがです。その通りです」

シルレが俺の予想に一分の反論もせずに頷く。

「もうなりふり構っていられない状態らしく、手の者を差し向けたそうです。こうなってはエルフも弱腰になっている場合ではありません」

「開戦か？」

「…………はい」

苦渋の決断をするようにシルレが頷く。

この件でダプトを問い詰めたところで戦争回避に繋がらないのも事実。それなら後手に回るよりは先手を取りたい判断なのだろう。

悪くはないが、犠牲者が出ることは間違いない。

シルレにとってはあまり取りたくない選択肢だったはずだ。

しかし、そんなシルレの決断を覆そうとするように一人のエルフが慌ててやって来た。

「ダークエルフのオプティ氏が来ました。ラナ様を捕縛する部隊が動いていると伝えに！」

今更か。

ダプトの動きを捉えて報告に来たのだろう。

これを好意的に受け取るべきか。

シルレが言う。

「今、オプティさんはどこに？」

「詰所にて待機してもらっています。護衛も数名ばかりです」

言外に人質にするか？　と問うている。

だが、シルレはなにか指示を出すわけでもなく、自らが出向く判断をした。

「……私が行きましょう」

◇

「申し訳ありませんでした。ラナ様はご無事でしたか!?」

オプティの開口一番がそれだった。

とりあえずシルレが落ち着いた対応を見せる。

「ええ、既にジードさんが五名のダークエルフを捕縛しました」

「そうですか。よかったです……。この度は本当に申し訳ございません。私がダプトの動きを摑んだ頃にはもう動いていたので対処が遅れてしまいました」

こうなることも想定しなければいけなかったのに、とそう付け加えた。

穏健派であるオプティも開戦は避けたいのだろう。

だが、エルフの領地で実害が出かけた以上はすでに紛争状態にあるも同義だ。

相手に謝罪の意思がある以上、ここでは責任の所在が問われることになる。

「この件はどうするおつもりですか？　我々エルフは話し合いで決着を試みたいと思っていたのですが」

「大変恐縮なお願いなのですが、私の方でダプトを問いただし、話し合いの場を設けました。どうかそちらで話をしては頂けないでしょうか……！」

「私が出向くのですか？　今回の件で？」

「……それが私やエイトスがダプトを交渉の場に着かせるための精一杯の努力の結果でして。それと、今回はジード様には席を外してほしいとのことです」

随分と頼みごとの多いことだ。

非はダークエルフ側にあるにも拘わらず。

「わざわざ罠が張られているかもしれない場所に行けと？」

さすがのシルレも冷ややかに言う。

もっと言えばダプトの首を持って謝罪に来るべき場面のはずだ。

手をこまねいているのは過激派をまとめるのがダプト以外では不可能だから、だろうか。

今のダークエルフは手を取り合わなければ一息で飛んで行ってしまうほどに弱い、と。

「私どももこれが精一杯で……」

オプティも低頭で言う。

ここでシルレが行くのはあまり良くない。明らかに舐められている。

罠じゃなくともダプトを抑えきれていない以上、話が進むとも到底思えない。

だが、ここでの選択権はシルレのものだ。俺が決めるものではない。

そしてシルレの思考からすると――。

「――分かりました。行きましょう」

少ない犠牲で、なるべく話し合いで決着する選択を取る。

オプティが驚愕しつつ頭を限界まで下げた。

「……すみません！　ありがとうございます！」

「ただし条件があります」

「条件？」

「ジードさんは連れて行きます。彼がいればどんな罠も問題になりませんから」

随分と評価してもらってるんだな。

いや、ありがたいが手放しに信頼されても困る。

その点には迷いながらもオプティも同意する。

「……そうですね。ジード様はいた方がよろしいでしょう。ダプトは説得します」

「それと、会談はこれで最後です」

「……――」

最終通告だ。

つまりオプティとエイトスは極力ダプトに妥協させなければいけないということ。

今後の行く末は和平か開戦しかない。

「分かりました」

オプティもかなりの決意を持って頷いた。

それからシルレは色々と準備を行う。仮に戻れなくなった時のことや、シルレがいなくなった時のことなんかを側近のエルフに話している。

まぁ、シルレとしても相当な覚悟をしての決断なのだろう。

そして、俺たちはまたダークエルフの領地に向かった。

◇

シルレと俺がオプティの案内で辿り着いたのは深い森だった。今回は家屋ではなく、外。

先にエイトス、ダプトも待っていた。

エイトスは申し訳なさそうにしながら、ダプトは相も変わらずふてぶてしい態度で。

多くのダークエルフが大木の上に立ち、俺たちを見下ろしていた。

「……人族は連れて来るな、と告げたはずだが？」

ダプトが俺を睨みつける。

説得は上手くいかなかったようだな。その眼には遠慮のない敵意が含まれていた。

しかし、シルレは静謐に応える。

「なぜ、そちらの話を全て受け入れなければいけないのでしょうか？」

「互いを信用して会談しようとは思わないのか？」

ダプトが白々しく言う。

彼からすれば「自分は部隊など派遣していない」ということだ。

ふてぶてしい態度を取られることは分かっていた。あくまでも勝手に一部のダークエルフが動いたというのだ。

しかし、すでにオプティにも裏をとっている。

「はなからそちらに信用がないのですが？」

「ちっ……話し合うつもりはない、ということだな？」

だから、こんな風に問い詰めれば開戦の口実になる。

穏便に話し合いをしても意味のない水掛け論が続くだけ。

それなら、とシルレが踏み込む。

「いいえ、話し合うつもりはあります。あなた方を受け入れる用意もあります」

「ほう、良い心構えじゃないか」

「ただし、ダークエルフは難民として受け入れ、領地の譲渡や資源の提供――その先にあなた方が見据えているであろう国家種族の合併をするつもりはありません」

「なにッ!?」

ダプトが屈辱に顔を歪(ゆが)める。

難民。訳があり、虐げられているがために自国から他国に逃れる者たちのことだ。

それは仕方のないことだ。エイトスもオプティも納得している面持ちだ。

だが、攻撃的で高圧的なダプトからしてみれば許せることではない。

「ふざけるな！　対等にエルフが現在保有している領土の半分を割譲し、我々が自治を行う。それ以外は戦争だ！」

「それのどこが対等なのですか？　領土を割譲することも、自治することも認めません。

我々の妥協案を呑めないのであれば戦争も仕方がないでしょう」

「ぐぅ……！　やはり貴様らはそこの人族に操られているのだ！　我々ダークエルフも操るつもりなのだろう!?」

ダークエルフからしてみれば「よそ者は危険である」という思考は拭いきれないのだろう。今までずっとダークエルフのみで戦ってきたのだろうから。

言っても無駄だろうが、

「いや、俺はなんもしてない。政治とか、そこら辺はノータッチだ」

指をパチンっと鳴らしながら――。

そう、伝えておく。

当然と言うべきか、ダプトは聞く耳を持たない。

怒り心頭といった感じで腕を伸ばして指先を俺に向けてくる。

「出てこい！　こいつらを消してダークエルフの平和を築き上げるぞ！」

それは伏兵への合図だ。

シルレが「やはり罠だったのですね……!?」と言う。

エイトスとオプティは周囲にいるダークエルフに声を荒らげる。

「「ダプト派を止めろ！」」

もはやここは戦場だ。恐慌と混乱が場を占めている。

だが、いつまで経っても伏兵がこない。

エイトスとオプティの派閥のダークエルフは、いつ敵が来るのかと構えているだけ。

シルレも魔法陣を展開したまま動かない。

そして、ダプトは周囲を見渡す。

「お、おい……どうした？　いけ……いけぇ！」

その声は虚しく木霊する。なんの意味もない声だけが遠くまで響き渡る。

「——悪いが近くで構えていた伏兵なら眠ってもらった」

俺は指を重ねながら言う。

指をパチンっと鳴らす。

「まさか……!?」

「エイトスとオプティの手の者も眠らせてしまったかもしれないがな」

俺たちを一周して囲んでいるダークエルフとは別の、少しだけ遠い場所で構えているやつらを眠らせた。

それらは確実に戦闘の用意をしている部隊だったからだ。予想は的中していたな。

俺の言葉に二人は苦笑いを浮かべながらも、仕方ないと胸を撫で下ろす。無駄な戦いが起きなかったことに安堵している。

だが、ダプトは怒りを抑えられないようだ。

「ふざけるなぁ！　それは立派な戦闘行為だろうが！　人族のおまえがなぜ干渉する!?

やはりダークエルフを潰すつもりなのだな!?」

「……いや、最初に攻撃を仕掛けようとしたのはおまえだろう」

「それは……！」

ダプトが言葉に詰まる。

「──そんなことよりも」

まぁ終わったことだからどうでもいい。俺はさらに言いたいことがある。

ダプトが「そんなことよりも!?」とぞんざいな扱いに憤慨していたが気にしない。

「おまえらの里ヤバいんじゃないか？」

遠くを見ながら問う。

俺の視線の先にはただ黒い闇があるだけ。だが、奥へ進めばダークエルフの里がある。

「どういうことですか……？」

オプティが怪訝そうな顔で尋ねてくる。

俺は省略してしまった言葉を口にする。

「探知魔法を展開しているんだが、かなりの数の魔物がダークエルフの里を襲撃している
ようだぞ。こちらに戦力を割いているから、それに勘付いた魔物たちが襲っているようだ」

「ハッタリだ！　あちらにも戦力は残してあるし、そもそも探知魔法が届く距離ではな

い！」

ダプトが反論してくる。

「――前門にある三つの櫓は陥落しているな。確認している集落の数は六つだが、そのうちの一つは既にダクネスウルフが食い荒らしている。他の二つもオークとオーガの混成軍が攻め入っている。あと数十分もいらないだろうな」

俺が状況を説明していくと、みるみるダークエルフたちの顔が青く染まっていく。

信じてくれたようで何よりだ。

「い、今すぐダークエルフの里に戻るぞ！」

エイトスの言葉にオプティが頷き、それぞれの派閥の者たちが向かっていく。ダプトも奥歯を喰い締めながら戻って行った。

「ジードさん……！　私も向かいます！」

「だが、これはダークエルフの揉め事だぞ？」

「ダークエルフは元々『エルフ』と同一の種族です。危機が迫っているのなら手を貸してあげたいのです！」

「そうか」

シルレがそう言うのなら仕方ない。

俺たちもダークエルフの後を追って行った。

◇

「……これは」

シルレが戦場の凄惨さを目撃しながら目を細める。

なまじ人と人の戦いじゃないだけあり、『命』を狩るためならなんでもしている。

足を食いちぎり、目を抉り、腕を潰して臓物を引きずり出す。

獣相手だと戦い方も死に方も変わってくる。

「まずは最前線のダクネスウルフの群れだ」

俺は言いながら純黒の狼たちの眼前に氷の壁を作る。

これで、これ以上の進軍はできない。

急に現れた敵——俺を見ながら獣たちが唸り声を挙げながら警戒する。

戦闘態勢を取って魔法陣を展開したシルレに対して俺は手で制した。

「ジ、ジード様、来てくださったのですね！」

オプティが俺の姿を見つけて声をかけてきた。

そのほかにも幾つかの視線が俺を捉える。

その中にはダプトもいた。

「人族！　おまえは手を出すな！」

「……なに？」

「おまえの力など借りん！　我々まで懐柔できると思ったなら――」

ダプトがこの期に及んで、未だに意地を張ろうとする。

だが、このままだと更に被害が拡大していく。シャレにならないほど。魔物たちはそれほどの勢いで迫っている。

ダプトが全てを言い終える前に胸倉を摑む。

「――おまえの意見を聞くつもりはない」

「ぐぅっ」

「危険な目に遭っているのはダークエルフの民だ。おまえが好きにして良い命じゃない」

「お、おまえの支配は……」

「俺に懐柔されたくないなんて訳の分からない妄想に浸っていたいなら勝手に死ね。だが、おまえの都合に他の奴らを巻き込むな」

「ひっ……！」

足が着かず宙に浮いたダプトを雑に投げ捨てる。それ以上はなにも言ってこないようだ。

俺は魔物の群れに向かって行く。

「ジ、ジードさん……」

シルレが寄ってくる。

「演技、上手くなったかな」

俺は一人呟く。

脅すように言ってみたが、ダプトの反応を見るに結構響いたようだ。

これでもう演技が下手だとは言わせない。

「え……？」

シルレが何のことか分からずに疑問符を浮かべた。

俺は一人で笑みを浮かべながら首を振る。

「いや、なんでもない。だが、これでダークエルフから横やりは入らなくなったわけだ」

オプティもエイトスも俺の方を見守っている。止めようとは思っていないようだ。

俺は魔物たちの方を睨む。

「消えろ。ダークエルフはもう戦闘を望んでいない。おまえたちの住処を奪った奴らはあるべきところに帰る。直におまえたちも昔のように戻れる」

それは俺からの警告だった。

魔物たちの中には言葉が通じる上位種もいる。

もしもダメそうなら戦う一択……だが。

「ぐるる……」

口元を湿らせた純黒の狼が詰め寄る。それは群れの中でもひと際大きい。

俺と目を合わせながら凄む。

言葉で威嚇しなくてもダプトよりも数十倍も数百倍も迫力がある。こいつの一声で動きの止まっている魔物たちも再び動き出すだろう。

「グァーーーーーウッ！」

雄叫び。

それに呼応するように遠く離れた狼の雄叫びも響き渡る。

「………引いている……？」

シルレがぼそりと言う。

狼たちを皮切りにその他の魔物も踵を返している。

「悪いな、魔物たちを逃してしまって」

魔物がダークエルフの里を襲撃した原因は、かつて魔物たちの住処だったこの土地をダークエルフたちが奪ったからだろう。森に初めてきた時に感じたが、ダークエルフは魔物と共存できていなかった。シルレの提案を受け入れて、彼らが土地を去れば問題は解決する。

しかし、どういう決断をするかはダークエルフ次第だ。

それにもしかすると、強い恨みを持った魔物はまた害そうとしてくるかもしれない。

ここで徹底的に戦った方が良かった、と言う日が来るかもしれない。

だが、シルレは満足げに微笑んだ。

「血を流さないことが第一です。最善の結果にお礼を申し上げたいほどですから」

「いいよ。依頼だからな」

「あれらの魔物を容易く滅ぼせるほどの力がありながら、見逃すことも依頼ですか？」

「魔物とは――長い付き合いだからな。今回は魔物だけが悪いわけじゃなかったし、戦う必要がないなら戦いたくない」

「……あなたのその優しさに心からの敬意を。ありがとうございます」

魔物たちに代わり、そしてダークエルフたちに代わり、シルレが言葉を残す。

「そうやって誰かのために頭を下げられるのも凄いと思うぞ」

俺だけ言われると照れるので、逆に俺からも返してやった。

するとシルレは恥ずかしそうに顔を赤らめて「いえ、そんな……！」と照れるのだった。

◇

それから数日が経った。

エルフの里にダークエルフの民が交ざっている。

中には負傷者もいるが、手厚い看護を受けたからか、今では口元に笑みを浮かべている。

難民だとしてもひどい扱いを受けているようには見えない。すっかり打ち解けているようで良かった。

「ども、元気ですか」

土竜王が地面の亀裂から顔を覗(のぞ)かせて言う。

なんだ、こいつ。

土竜王なりにエルフたちを驚かせないよう配慮しているのだろうか。

「ああ、まぁ元気だけど」

「そっすか」

「……」

「……」

土竜王が何か言いたげに俺の方を見る。

別に俺は話したいわけじゃないが、このままでいても居心地が悪い……。

「なんだよ?」

「いえ、別に」

「なんだよ。言えよ。ちょっと怖いだろ」

「……樹液、渡しましたよね」

ぼそりと土竜王が言う。

一瞬だけ何のことだろうと迷うが、すぐにロロアに樹液を渡したことを思い出す。

「渡したが、それがどうした？」

「あれからロロアが我にせびるんですよ！　次回分の樹液も欲しいと！　貢げと！」

「カツアゲされてんのかよ」

そんなことになっていたのか。そこまでは考えていなかった。

土竜王が恨めしそうに言う。

「うぅ、我の分が減っちゃいますよ……」

「いいじゃないか。おまえ元から神樹壊そうとしてたんだし」

「それはそれ！　これはこれですよ！」

涙目の土竜王。

ある分は欲しくなってしまうのだろう。

「じゃあ力ずくで守ればいい。同じ竜だろ？」

「同じ竜でも格ってやつが違いますよ。土竜は基本的につるまず各地でバラバラですが、黒竜は群れを成して里まで作ってる陽キャ集団ですから……」

「でも、おまえ王なんだろ？」

「そうですが黒竜に喧嘩（けんか）売ったら容赦なく攻めて来るんで。あいつら質も数もやばいんで」

「おまえも仲間を呼べばいいじゃないか」

「……百年に一回しか集まらないんで、住んでる場所すら分からないやつが大勢です」

竜の中にも色々とあるようだ。

顔の一部しか露出していなくても、ズーンとナイーブに沈んでいるのが分かる。

「けどな、そう言われても俺がどうにかできる案件じゃないだろう。ビシッと断りを入れたらどうだ」

「それができれば苦労しないんですよお……」

もう泣きそうな声だ。本当に嫌そうにしている。

まぁ、こうして俺の下に来るくらいだから余程なのだろう。

「どうしてもってんなら金銭持ってギルドに来い。そうしたら俺に依頼できるから」

「ジードさんもカツアゲするんですか……」

「いや、カツアゲってより仕事なんだけどな」

最初の頃とは性格が違いすぎる。もはや別の竜と入れ替わっているんじゃないかと勘繰ってしまうほど。そういえばロロアもだいぶ印象が変わっていたな。

「まぁ、考えときます。わざわざ愚痴を聞いてくれてありがとうございました」

「達者でな」

「ジードさんも」

しょぼーんとした様子が見ないでも分かる。

そんな情けない声を残して地面に潜っていった。

あいつ、大丈夫だろうか。気づけば遠くの地へ旅とかしていそうだ。

それから一通りエルフの里を目に焼き付けた。

エルフたちが浮かべる笑みはとても楽し気だ。ここに滞在していた間に起きた騒動の数々が嘘（うそ）のように思える。

依頼の達成感を覚えた。

やりがい、というやつなのだろう。どこか心に満足感があった。

そして、俺はシルレの家に向かった。

◇

シルレの家で荷造りを終える。

多くの物が入る袋型のマジックアイテムに全てを詰め込み終えて、俺は玄関に立った。

「行くんですか」

ラナが声をかけてくる。

振り返るとラナの背後にシルレもいた。

二人とも、どこか浮かない表情で俺を見つめている。

「ああ、王都に帰るよ。今まで世話になったな」

「そんな。お世話になったのはこちらの方です……！　妹やエルフの里、そしてダークエルフも救っていただいて……本当にありがとうございました……！」

「依頼だからな。また何かあればギルドに依頼を出してくれ」

「依頼を出さないと来てくれないんですか？」

ラナが悪戯っぽく尋ねてくる。

「観光とか、たまに来るよ。その時もよろしくな」

おそらくラナはこの答えが欲しかったのだろう。仕事だけの関係は寂しいからな。

しかし、どこかラナは不満そうだ。

「エルフの里を第二の故郷と考えてもらってもいいんですよー？　またこの家に『帰省』してください」

ニマニマと笑みを浮かべる。

幼さが残る顔だからか、どうにも言動の割に艶がない。

「考えとくよ」

「むー。エルフになっちゃいましょうよー！」

ラナが縋りついてくる。

エルフになっちゃいましょうって、かなり無茶苦茶を言う。

だが、その無邪気さも愛嬌があって可愛い。

しかしながら、よくよく考えるとラナは俺よりも遥かに年上という可能性があって……

いや、もうエルフの年齢を考えるのはやめたんだ。これ以上はダメだ。

「ラナ、あまりジードさんにご迷惑をおかけしてはダメですよ」

ラナよりも遥かに年上のシルレが……いや。

シルレが俺からラナを引き剝がす。

「なにか失礼なことを考えませんでしたか?」「いえなにも」

それからシルレがニコリっと笑って言う。

「ジードさんがまた来る頃にはエルフの里はもっと平和になっていますから、ラナの言うとおりいつでも来てください。泊まる環境も整備していきますので」

「泊まる場所がなくとも我が家があるもんね!」

ラナが快活に口にしてのける。

その言葉に口を挟むことなく、シルレは顔を赤く染めながら否定はしなかった。

「それじゃあ、また来るよ」

ジードが手を軽く振ってドアを開ける。

ラナとシルレはその背を見送るのだった。

第六章

魔族領は暗黒地帯

The Slave of the "Black Knights" is
Recruited by the "White Adventurer's Guild"
as a S Rank Adventurer

第一話　依頼と試験と魔族

エルフの依頼を終えた俺はギルド本部に戻っていた。

ギルドマスター室の外だ。

さっそくリフに報告をしようと思ったが、中に気配はない。受付嬢に尋ねると所用で出かけているとのことだった。

仕方ないので依頼達成の書類を受付嬢に提出して、宿に戻る。

およそ二か月が経って、かなり久しぶりの王都だ。

騎士団が崩壊してすぐは、どこか暗い雰囲気が漂っていたが、今では盛んに商売が行われて活気を取り戻している。

ふと、クエナとシーラを見かける。彼女たちも俺の存在に気づいたようだ。

「よう。久しぶりだな」

「ジード！」

シーラが嬉しそうに飛びついてくる。

まるで子犬のようだ。あるはずのない尻尾が左右に揺れているのが見える。

「エルフの里に行ってたのよね！　どうだった？」

「ああ、紆余曲折あったが無事に完遂したよ」

「えへへぇ、さすがっ！」

「おまえたちはどうだった？」

「まあまあよ。幾つか依頼をクリアしていったけど、大したものは引き受けてない」

俺の問いかけにクエナが答えた。

見れば彼女たちは腰巾着を付けており、普段よりも装備が厚い。

大したものを引き受けていなかったのは、試験の前に怪我をしないためだろう。

「けど、これから一大イベントだよな？」

「ええ。Ｓランク試験よ」

クエナの表情は硬い。それだけ彼女には覚悟があるということだ。

しかし、初心者のように身体が強張っているわけでもない。

程よく緊張しているが冷静さもある。ベストな状態とも言えよう。

俺から掛けるべき言葉はないようだ。

「楽しみにしている」

クエナが言っていた――俺と肩を並べて戦える存在になる。

着実に力を付けているが、Ｓランクと箔が付けば、ランク上は俺と同格になる。

「ええ、楽しみにしていて」

俺の期待をかけた目に、クエナもまた真剣な目で応えた。

そして、そんなクエナと試験の間だけライバルになるシーラは俺の胸元で囁いた。

「ジード、お願いがあるの」

「なんだ？」

シーラの頬は朱色に染まっていて、目尻はトロンっと蕩けている。

その恍惚とした表情は見たことがある。

大胆だが、実際は初心なシーラが俺に色香を振りまく時の顔だ。

「もしも私がSランク試験を突破したら――キスして？」

「「キ、キス……!?」」

クエナと声が被る。

それだけシーラの放った「お願い」は衝撃的だった。

「そう、キス。ダメ……？」

シーラの上目遣いは、俺が受けてきた攻撃の中で一番のダメージかもしれない……！

危うくコロリと逝ってしまいそうだ。

「な、なんでキスなんかするのよ!?」

「あの女帝に負けたくないから！　クエナも悔しくないの!?　ジードの唇を先に奪われちゃったんだよ!?」

「く、悔しいって……!?」

髪色と同じくらい顔を赤くしたクエナと目が合う。

すぐに顔を背けられた。

「それに、目標があった方がやる気も力も出るっ！　だから、ダメかな、ジード……？」

「……Sランクが目標だろ？」

もはや目的が違っている気がした。

だが、俺の指摘にシーラは首を左右に振る。

「私の目標はジードとイチャイチャすること……！　Sランクなんておまけに過ぎないっ」

どどんっと明言する。

素直に言ってしまえばシーラの気持ちは嬉しい。

だが、あまりにストレート過ぎて反応に困ってしまう。どういう受け取り方をすればいいのか俺には分からない。

「それともジードは私なんかとイチャイチャしたくない……？」

戸惑っていた俺にシーラが不安げに尋ねてくる。

捨てられる間際の子犬のようだ。

「…………したい」

ポロリと本音が漏れる。

したいに決まっている……！

だってシーラ可愛いもん！

おっぱいでかいもん！

そんな俺の本音を聞いたシーラは嬉しそうに驚く。

「いぃぃいやぁぁぁったあああ！」

ぴょんぴょんっと、今度はウサギのように嬉しそうに飛び跳ねる。

だが、クエナはあまり快く思っていないようだった。

「ちょ、ちょっと待ちなさい！　大事な試験なのよ!?　ふしだらな約束のために挑むなんて良いと思ってるの!?」

その言葉は、まぁ正しい。

明らかに不純な動機だから、貞操観念のあるクエナの言に軍配が上がるだろう。

シーラはそう思っていないようだが。

「えー。モチベーションは大事だと思うけど」

「……むぅ！」

シーラの反論にクエナは口を閉ざす。

試験参加の理由は当たり前だが個人の自由であり、クエナが横から口を出せる範疇(はんちゅう)ではないと分かっているからだ。
唇を尖らせたクエナが涙目ながらに俺を見る。
俺にシーラを止めてほしいのだろう。約束を断れるのは俺だけだ。
そういう意図は汲み取れた。
いや……。
しかし………。
俺はイチャイチャしたいんですが…………！
それにシーラのやる気が上がるのなら一挙両得だと思うのですが！
win-win ではないでしょうか!?
俺の脳内で様々な弁明が行われる中でシーラがクエナの頬を突いた。
「クエナも約束すれば～？　ご立腹なのはクエナもしたいからなんでしょ～？」
「……！　もうっ、いい。知らないっ」
クエナが怒り？　を露わにして場を立ち去った。
「もー、怒らないでよー！　ジード、またね！　約束忘れないでよっ！」
シーラがクエナの後を追う。彼女たちはSランク試験に向かうのだ。
とりあえず二人に手を振っておく。
……キスか。

なんかとんでもない約束をしてしまったな。

何もしていないのに顔が火照ってしまう。胸もドキドキと鳴っている。

興奮冷めやらぬまま、俺は久しぶりに宿に戻ろうとした。

その道中――。

「ふっふっふ、ジード君だね？」

銀と桃の混じり合った髪色に、栗色のくりくりした大きな瞳を持つ少女、いや少年が声をかけてきた。華奢な容姿で一見すれば女子と見紛う。

より正しく言えば――人族の女子と間違えてしまう。こいつの魔力は、魔族のそれだ。

どうやら俺のことを知っているようだが、全くもって見覚えがない。

「……魔族？」

あまりにも自然に人混みに溶け込んでいるので、呟くように尋ねてしまった。

すると快活そうなショタは人差し指を立てて見せる。

「さすが。まさか一瞬で看破されるとはお見それしたよ！　やはりユセフを殺せるだけのことは――ちょっと待って、ちょっと待って！　魔法陣展開しないでくれよ！」

「……なんだよ？　敵討ちじゃないのか？」

俺の正体を知っていて、わざわざ会いに来る魔族。

すぐに思い浮かぶのは討伐したユセフの復讐だ。

だが、見た限りそうでもないらしい。命を狙おうという奴が声を掛けたりはしないか。

「違うんだよ！　ジード君に頼みがあって来たんだよ！」

涙目になりながら弁明してきた。

命ばかりは助けて、と言わんばかりに縋りつかれる。

「分かったから泣くなって。なにもしないから」

「わぁいっ。話を聞いてくれるんだね!?」

「ああ、とりあえず聞くだけな」

「えへへー。じゃあポイっと」

ショタは軽々と言いながら、懐からあり得ない量の金銀財宝を取り出した。

地面に様々な価値ある物が山積みに置かれる。

これは人通りが盛んで物音や声が溢れる王都でも目立つ。

「ばかっ、しまえ。こんなところで取り出す物じゃないだろ」

「んぇー……わかった」

俺に言われるとショタが渋々戻していく。

しかし、未だに人々の視線がこちらに向いている。

仕方ないので場所を移した。

「それで、俺に何を聞いて欲しいんだよ？　あんな財宝を取り出すってことは依頼をしたいってことだろ？」

「そうそう！　ギルドっていう組織に所属してるんだよね？」

「所属っていうか、雇われているみたいなもんだけどな」

「うーん？　まぁ、なんでもいいよ。お金さえ支払えばなんでもやってくれる！　でしょ？」

純真無垢（じゅんしんむく）な眼差（まなざ）しでこちらを見てくる。

一見すれば、子供が肩車をせがんでくるような顔だ。

だが、あれだけの宝の山を見せられたら、ショタらしい仕草もどこか歪（いびつ）に見える。

「相応の金さえ貰（もら）えればある程度のことはやるってだけだ。ギルドにも規則がある」

「ふむふむ」

ショタが顎に手を当てて考え込む。

しばらくして口を開いた。

「じゃあさ――ユセフが持っていた領地に一緒に行くことはできる？」

「……侵略戦争か？」

「そうとも捉えられるね。今はあの領地フリーだから開拓でもあるけど！」

とんでもないことをさらりと言ってのける。

これが冗談であってくれれば面白くもなるのだが、それもなさそうだ。

戦争。侵略。開拓。

どれもギルド的には問題ない。

「そうか。だが、まずはギルドの受付で依頼を受理してもらわないと始まらないぞ。俺が直接引き受けられる訳じゃないからな」

「むむっ。それは面倒だねぇ……」

「面倒かもしれないが、みんなやってることだ。俺も付いて行こうか？」

「本当かい!?　それなら助かるよー！」

俺の腕を摑んでショタが言う。

「そういえば、おまえ名前は？」

未だに名前すら聞いていなかった。

ショタは忘れていた！　とばかりにパっと顔に花を咲かせて答える。

「フューリーだよっ」

「そうか」

それから俺はフューリーを連れてギルドに向かう。

出たばかりだからギルドにはすぐに辿り着いた。

「あれ、ジードさん。どうかされましたか？」

エルフの里での依頼達成報告をしたばかりの俺を受付嬢が不思議そうに見る。

まぁ、度々来る場所ではないからな。それも仕方がない。

「新しい依頼人を連れてきた。依頼書を用意できるか」

「ああ、ちょうど良かったです。ギルドマスターが帰ってきましたので上へどうぞ」

「ん……そうか」

一瞬だけ考えて素直に頷(うなず)く。

依頼達成書は提出してあるから顔を合わせるほどでもない。……だが、このショタは魔族だ。

敵意はないし、停戦中とはいえ、人族とはバチバチに仲が悪い種族になる。

それならリフに直接話を聞いてもらった方が良いだろう。

それから俺とショタはリフのいる上に昇って行った。

ギルドマスター室の扉をノックして「入るのじゃー」と返事が来る。

久しぶりのリフとのご対面だ。

「ほー、これまた。魔族か？」

顔を合わせての第一声はこれだった。

訝(いぶか)し気に、目を凝らしながらフューリーを見ている。

やはりこの幼女はすごい。可愛いだけじゃなく、俺の隣に立つショタの正体も見破れるようだ。

「初めまして！　ギルドマスターのリフさんっ。ボクはフューリーだよ！」

「うむ。初めまして」

普通に会話をしている。

「なんだ。あんまり驚かないんだねー？」

「魔族とは何度も会うているのでな。敵対的な者もいれば、お主のように敵意のない者もいる。そこら辺は七大魔貴族の志向によるのは分かっている」

どうやら従っている主の考え方次第で人族との付き合い方も変わって来るらしい。

伊達に自称年を取っているだけある。

「話が早くて助かるよー。それでさ、ジード君に依頼があるんだけど聞いてもらえないかな！」

「あい分かった。しかし、その前にジード」

「ん？　なんだ？」

リフが俺の方を見る。

それから満面の笑みでサムズアップする。

「エルフの依頼ご苦労であった！　既に支部の拡大と幾つかギルドにとって利益のある取

引や契約もできたのじゃ。さすがであった！」

「おう。なによりだ」

「その平然とした態度も憎たらしいのう」

好意しかない嫌味を言ってくる。

それだけリフにとって、俺のエルフの里での功績が良いものだったことを示している。

横からフューリーが顔を覗かせて、俺とリフの顔を見る。

「えー！　なになに！　ジード君、エルフの里でも依頼完遂をしたの！　あそこまた閉鎖環境になってなかったっけ！　もー！　やっぱりボク見る目あるかなっ」

ふふんっ、と鼻を高くする。

まぁそう思ってもらえるのなら光栄と取るべきか。

だが、リフはやはり訝し気だった。

「魔族にしては詳しいの。エルフは魔族にはずーっと外交を閉ざしていたであろう」

「まぁね。暇人だから情報収集してたんだ！」

自慢げに答える。

だが、その回答ではリフの不信感は拭えなかったようだ。

「ふむ……。お主、依頼があるとか言っておったの。どんな依頼じゃ？」

「それはね、ジード君に旧ユセフ領を取るのに協力してもらいたいんだ！　もちろん謝礼は用意してあるよ！」

まぁ、ショタの狙いは予想していた。

侵略戦争の件からそんな展開になることは分かっていた。

だが、リフの反応はそんな俺とは正反対だった。

「――！」

その顔は怪訝から警戒に移り変わっている。

敵意こそないが、触れれば飛び跳ねて襲い掛かってきそうな雰囲気だ。

「お主、それがどういう意味なのか分かっておるだろうな」

「もちろん！」

「……ふむ」

リフが考え込む。

その質問と答えの意味が俺にはイマイチ理解できなかった。

ギルドは依頼でさえあれば、たとえ戦争であろうとも受理する。

だからリフが考え込んでいるのは戦争とは別の問題だ。

人族ではなく他種族の戦争に割り入ることについて考えているのか。

それも違うだろう。エルフとダークエルフの戦いには口も手も出せた。もしも問題があるなら支部員であったルックが止めていただろう。

別の問題がここにはある。

俺は素直に尋ねた。

「どういうことだ？　普通の戦争とは違うのか？」

「うむ」

リフが頷く。そして続けた。

「ジードは七大魔貴族とは何か分かっておるか？」

そういえば深くは調べたことなかったな。人族内の常識や情報を調べるので手いっぱいで、他種族に関する文献にはあまり触れていない。

「そうだな……文字通りなら魔族の中で特に偉い七人ってところか？」

「ふっふー、違うよジード君！　七大魔貴族っていうのは、七つに分けられた領土を所有する魔族のことさ！」

「……七つに分けられた領土を所有する魔族」

すこし混乱するが、すぐに飲み込めた。

つまり、魔族には七つの領土があって、それらを一つでも持っていれば七大魔貴族を名乗れる、ということだろう。

「けど、それって領土を半分ずつ持っていたら八大魔貴族とかになるんじゃないのか？」

「ふふーん。その時は、その領土を持つ二人は七大魔貴族に含まれないのだ！　しっかりと、完全に一つの領土を持っていないといけないのが条件なのさ！」

「へぇ。なるほどね」

七大魔貴族の『七』は人ではなく領土のことを指していたわけだ。

「それだけではないのじゃ。四つ以上の領地を持つ魔族は――」

リフが続ける。

「――『魔王』として認められる」

その言葉はどこか重たかった。

「魔王か」

どの文献でも小説でも、子供が読む絵本でも魔王は危険で野蛮なやつだと描かれている。

かつての魔王たちは全員が力のままに暴れていた。それが他種族にまで及び、侵略戦争に繋がっていたらしい。

あまり良い話がない『魔王』に至る条件に手を掛けようと、俺の隣のショタが……。

想像はできない。

「しかしの、もしも旧ユセフ領をジードの力で取ったところでお主は領土を守れるのか？下剋上を果たさんとする猛者たちが魔族には多くいるじゃろう」

「大丈夫さ！　そこはなんとかする！」

フューリーが無計画そうな返事をする。

実力主義の魔族では当然のように行われているらしい、下剋上。

リフの心配も理解できる。

「ふむ……しかし、今はちと面倒じゃの」

リフが眉間に皺を寄せる。本当に困った風だ。

「何かあったのか？」

「Sランク試験はその空いた旧ユセフ領——即ち『アドリスタ』領で行われている」

随分とまぁ……それは面倒なことだ。

もしもフューリーと他の魔族との領地の奪い合いになれば戦争だ。

そうなれば試験どころではないはず。

「またどうして魔族領を試験の場にしたんだよ？」

当然、浮かぶ疑問をぶつける。

そもそも魔族とは停戦をしている。火種を生みかねない真似は避けたほうが良いはずだ。

「人族や獣人族の領土はAランクともなれば行き慣れておるからじゃ。新鮮味があり、なおかつ危険度が高い場所でなければ本来の力は発揮されぬ」

「それで魔族領ね。エルフの里とかじゃダメだったのか？」

「エルフは縄張り意識と団結力が強い。外の勢力には敏感じゃ。もしも冒険者が大群で向かったとして、争いに発展する可能性は魔族より高いと踏んでいた。試験会場を決めた当時は排他的な賢老会もいたからの。それに一番は危険度よ」

「危険度？」

「ちょうど良い塩梅だったのじゃ。魔族領の魔物は大陸随一の強さで人族を忌み嫌っている過激派の魔族もうろついておる。場所によってはAランクの魔物でさえ食物連鎖の最底辺に位置することもあるのじゃ」

人外魔境たるSランクを決めるのに相応しい場所ってわけだ。

まぁ、ギルドなりに考えての事なのだろう。

種族間の関係に配慮しても、主のいないアドリスタ領は何の問題もないはずなわけだ。

「……で、どうするよ。試験が終わるまで依頼の遂行を待つか？」

「えー！　それはムリだよ！」

「どういうことだ？」

「もう既にアドリスタ領を取ろうとしているやつがいるもん！　どっちにせよ冒険者とは戦うことになるんじゃないかなー」

「なんじゃと？」

フューリーの言葉に真っ先に反応したのはリフだった。

「ありえぬ。様々な情報筋からアドリスタ領の奪取には何者も動かないという話を聞いておるのだ。なんらかの別の要因がない限りは……」

「その別の要因があったってことじゃないかな」

「ふむ……。しかし、まだそんな話は聞いておらんが……」

リフは半信半疑のようだ。彼女も精度の高い情報を持っていたのだろう。

「まぁ別にいいんじゃないか。攻められていてもいなくても、依頼をこなすまでだ」

「そうじゃの。それに、こうなってしまってはアドリスタ領に少しでもギルド側の人間がいてくれるとありがたい」

俺の言葉にリフが同意して、卓上に依頼書を出す。

それをフューリーの前にまで持っていった。

「それで依頼金はいかほどか？　ジードほどの男を指名し、さらに魔族領を取れとまで言うのであれば相当な額が必要ぞ」

「お！　ようやくかあ」

フューリーが何らかの魔法を使って金銀財宝を取り出した。

それはギルドマスター室を埋め尽くしてしまいそうなほどの量だ。

「かなりの値打ち物ばかりじゃの」

鑑定もできるのか、宝の山から指輪やらネックレスを取り出して目を凝らしている。

それぞれの値段を把握したようで、リフが一度頷く。

どうやらお眼鏡にかなったようだ。

「なるほどの。額にしてみれば白金貨三十枚じゃ」

白金貨。一枚が金貨千枚に値する。書物以外では初めて聞いた。

「おー、よかったー。人族でも通用するか分からなかったから安心したよっ」

「――じゃが。これほどの大金をどこで調達した？　それだけじゃないの。どうしてジードのところに辿り着いた？」

質問攻めだ。

訝し気なリフの表情に反して、フューリーは気の抜けた顔を崩さない。

「えへへ、それって大事なこと？」

「当たり前じゃ。ギルド随一の戦力を送り込むのじゃからな。お主の詳細を知りたい。それに動いているのはどこの勢力じゃ？　二つの魔族領を持つクオーツか。それとも――」

リフの言葉を遮るようにフューリーが言う。

「クオーツだよ！」

「……ふむ。それで、財宝の出所は？」

「たまたま見つけたんだっ」

「……たまたま？　ふざけるでない。これは歴代魔王の宝物庫にあるレベルの品物ばかりじゃ。白金貨三十枚は値段を付けられたものだけ。残りは値段の付けようがない美術的、歴史的価値のあるものばかりじゃ」

　おやおや。何やらきな臭い話になってきたようだ。

　だが、だからといって俺に見当がつくわけがない。

　フューリーとリフの真意や考えは読み取れない。

「うーん。でも実際にたまたま見つけたんだよ？　探していたわけじゃないし」

　事実だから何も言えない、とばかりに肩をすくめる。

　これ以上は問いただせないと悟ったリフが目を細めた。

「……ふむ。この依頼はギルドでは引き受けん」

「えー！　どうして!?」

「言わんでも分かるじゃろう。怪しすぎるからじゃ」

「怪しいって！　ボクが何をするって言うのさ！」

「分からぬ。が、人族の脅威を取り除くため、とかの。ジードは間違いなく人族トップクラスの力を持っておる。敵対種族からしてみれば是が非でも取り除きたい戦力じゃろう」

　それがリフの判断ならば俺も従う他ない。

　と思っていたが、フューリーは粘り強く言った。

「でもさ。もしもボクが罠にハメようとしているんだったらギルド的にヤバくない？」

こてんっと小さな首を傾ける。

リフも予想していたのか戸惑いはないように見えた。

「Sランク試験じゃの」

「そうそう！　冒険者ってかなりの猛者の集まりなんだよね？　それもAランクとなると上位も上位！　そんな貴重なAランク冒険者をまとめて消せるチャンスがあるとボクは知ってしまった。放置しておくのはちょっとマズいんじゃないかな？」

「……」

フューリーの言葉にリフが目を閉じて逡巡している。

しばらくしてリフが目を開き、依頼書に筆を走らせた。

そしてフューリーの眼前に依頼書を差し出す。

「分かった、請け負おう。ただしこれらの財宝と同時にギルドの支部を魔族領に建てる許可も貰うが構わぬな？」

「……なるほどね。だから一度断ったんだ？」

フューリーがニヤリと笑う。

水面下で腹の探り合いをしているようだ。なんとなく空気だけで察せられる。

だが、フューリーの方は軽く頷いて見せた。

「よーし、いいよ！　えーと、名前と諸々か……」

フューリーもペンを走らせる。

依頼書の記入を終えるとリフに返した。

リフが依頼書を見る。

「……やはりか」

「えへへ、何か変なもの書いてたかな？」

「いや。確定ではないが、の。良いじゃろう。では指名依頼を受け付けよう。ジード、後で冒険者カードに依頼が行くようにしておく。――引き受けてくれるかの？」

この依頼はただの領土の奪い合いじゃない。

なんらかの不測の事態に備えて、万が一の時はAランク冒険者のことも見て欲しいということだろう。依頼には書かれないだろうが、そういう意図も含まれている。

「大任だな」

自分でも分かる。口元が綻んでいる。

魔族の領土の奪い合い？

考えずとも分かる。至難だ。

本来なら大人数で行くべきものだろう。それこそギルド総出でやるべきだ。

しかし、それはできない。

これはあくまでも「依頼」だからだ。

人族と魔族の戦争ではない。千や万の冒険者を用意すれば、それこそ種族単位での戦争に発展しかねない。

だからこそ俺一人なのだ。危険は俺だけに降りかかる。

だが、それが依頼であるならば――

「――任せておけ。必ず達成してみせる」

俺の返答にリフが嬉しそうに微笑む。

「頼んだぞ。信じておる」

「よーし！　それじゃあ早速、魔族領に行こー！」

フューリーが俺の手を摑んでギルドマスター室から走り出る。

その姿を見たリフが机を叩いて身体を前のめりにして慌てた。

「ま、待て！　ジードにはまだなんの説明も――！」

だが、フューリーの勢いは止まらない。

もうすでにギルドマスター室から出てしまった。

リフが最後に一言だけ付け加えた。

「――ジード、気を付けるのじゃぞっ！」

それには色々な意味が含まれている気がした。

第二話　いざ魔族領へ

フューリーの案内で俺は魔族領に向かっていた。

転移でも徒歩でもなく、ところどころ腐りかけているアンデッドドラゴンの上に乗って足に使っている。

これはフューリーが呼び出したドラゴンだ。

やはり、一つの領土を取ろうと言うだけあって実力はあるようだ。

俺の眼で見ても底が知れないため、冒険者基準でSランク以上であることは間違いない。

しかし、だからこそ気になる。

既に領土を持っている七大魔貴族がどれほどの強さであるか、ということが。

ユセフとは戦闘をしたことがあるが、あいつは実戦経験がないようだった。

だが、もしも仮にユセフほどの魔力を持ち、歴戦を繰り広げてきた者がいるのなら――。

苦戦は必至だろう。

そのためには魔族領のことを知る必要がある。

「なぁ、今の七大魔貴族の勢力図ってどんな感じなんだ？」

「勢力図？　うーん、とね。今のところ六つの領土が埋まってるかな。アドリスタ領以外は全部支配者がいるよっ」

　嬉々（きき）とした口調だ。

　まるで警戒していない。これから七大魔貴族を名乗るとすれば、いずれ戦うだろうに。

「でも、大事になってくるのはクオーツ君かな」

「クオーツ?」

「そそ。二つの領土を持ってる魔族さ。めちゃくちゃ武闘派で今まで一度たりとも負けたことがないんだよ！」

「一度も……?」

　戦闘は命の奪い合いだ。生きていれば勝ちの方が多いだろう。

　だが、一度たりともない、というのは不思議だ。

「ぬふふー！　めったためた強いよね！　実際にその強さは紛れもなく本物だよ。ボクも見たことがあるからね！　千を超える謀反を受けても無敗。先代の七大魔貴族のうちの二人を殺して成り上がってるんだよっ！　間違いなく魔王候補だね！」

「そうか。どんな戦い方をするんだ?」

「オールラウンダー、かな。肉体戦も魔法戦も何でもこなすよ！――でもね、彼の強さはそこじゃないと思う」

　フューリーが珍しく真剣な顔つきをする。

思わず「と言うと？」と続きを促す。

しかし、

「さぁ？」

おちゃらけたようにフューリーが首を傾ける。

片眉が下がる。

「分からないのかよ」

「だって、これだ！って必殺技とかじゃないんだもん！　灼熱の炎を出したりだとか、鋭い剣戟を見せたりとかじゃないんだよ。『なぜか強い』って、そんな感じなんだ」

「へぇ」

強さの正体になんとなく候補が浮かばないでもない。

だが、やはり実際に見てみないと分かるものではない。

「あとね」

フューリーが言う。

「彼は六魔将っていう、またまた強い六人の将軍を仕えさせているんだよ」

他の七大魔貴族のことを言うのかと思えば違う名前が出てきた。

六人の将軍か。

「そいつらはどれくらい強い？」

「Sランクの魔物よりは強いよ！」

「全員が？」

「うん、全員が！　多分、人族で言うSランクの魔物が束になっても勝てないと思うよ！」

なんていう層の厚さだか。

まぁ、それぐらいでなければ七大魔貴族の領土を二つも支配できない、ということか。

しかし、逆にそれだけの面子がいながら他の領土を平らげていないのも不思議だな。

ふと、思う。

もしも、そんな奴らが試験を受けているAランク冒険者たちとぶつかったらどうなるのか。

フィルは心配ないはずだ。あいつもフューリーの言うSランクの魔物が束になっても勝てない強さに該当する。

だが、クエナやシーラはどうだろうか。

はっきりと言ってしまえば勝てないだろう。

その領域には至っていない。

「どうしたの？」

ふと、問われる。

しかし、その質問の意図は読めなかった。

「なにがだ？」

「なんか心配そうな顔をしていたからさ」

「……心配そうな顔か」

特に意識はしていなかった。

だが、今考えていたことと言えばクエナとシーラのことだ。

彼女たちの負ける姿を想像していた。

それは嫌だ。

なんだかムカムカしてくる。

心配そうな顔。

そんな顔をしていたのかもしれない。

しかし、それは俺の私情だ。

「気にするな。依頼には差し支えない」

もしもSランク試験に落ちそうであっても手助けはできない。

彼女たちもそれを望まないだろう。

「──そっか。そんな気がしたよ」

不思議な返答をするフューリー。

それに俺も彼女たちを心配している場合ではない。

クオーツに六魔将、それに数多（あまた）の魔族を相手にしないといけないのだから。

「そういえば味方はどうなんだ？」

「味方？」

「ああ。いるだろ？　一つの領土を取ろうって言うのなら千や二千くらい……」

「あはは。いないよっ。ジード君だけ！」

清々しい笑顔でフューリーが言う。

……えっ？

てっきり俺は軍勢の一つでも率いているのかと思っていた。

だが、蓋を開けてみれば二人だけ？

これは……いや。確認していなかった俺が悪い。

かなり勢いに任せて一緒に来てしまったし、依頼を引き受けてしまったが……。

「せめてリフも確認してくれよ……」

「それだけ信頼しているってことじゃないかなっ」

「物騒な信頼のされ方だな」

「ぬふふ。でもギルドで一番すごいって言われている人よりも、ジード君の方が頼りにされているんじゃないかな。ギルドの分水嶺になるほどの依頼を任せたんだから」

一番すごい人？　そいつにも会ったのだろうか。

だが、それよりも気になったのはギルドの分水嶺とやらだ。

「どういうことだ？　たしかに大きな依頼ではあるが命運を分けるほどでは……」

「ジード君が考えているよりも、とんでもないことだよっ。それは依頼金とかじゃなくて、ボクが了承した魔族領にギルド支部を立てるって話」

「……っていうと？」

「人族と魔族の繋がりにもなるし、仮に魔族が人族に戦争で負けたとしたら、その地に残るギルドがどの勢力よりも早く領土を実効支配できる。とんでもなく商売上手だと思うよ。普通は断って然るべきだし。でも、ジード君っていう切り札があるからリスクを考えてもリターンを取ったわけだ」

「難しいな」

　他にも色んな説明が省略されているような気がする。

　だが、それを詳しく語るには時間がないのだろう。

　フューリーが前を見て口にした。

「ん。そろそろ魔族領かな」

　一目で分かる。

　人族と魔族の境界線がくっきりと。

　こちら側はまだ青緑色に輝く草原が風になびいているが、とある地点からは薄暗く荒々しい岩場が続いていた。

◇

Sランク試験のため、Aランク冒険者たちは王都近辺にある草原に集まっていた。

これほどの人材が一挙に集まることは滅多にない。全員が小国から将校クラスでの引き抜きを受けた経験があるほどだ。

クエナ、シーラ、そして気まずそうに二人を遠くから横目で見ているフィル。他にもディッジやウィーグなどジードの顔見知りもいた。

「さて、そろそろ試験内容の発表といきますかぁ」

恰幅の良い中年男性が言う。

大量の道具が入ったリュックを背負い、片手にはピッケルを持っている。

Sランク冒険者――【探検家】トイポ
試験の際は非常事態に備えてSランク冒険者が監督役として立ち会うことになっている。

傍らにはギルド職員もいるが、彼が場を主導して言う。

「試験の場所は『魔族領アドリスタ』だぁ」

言うと、どよめきが湧く。

漏洩しては試験の意味がないため、試験の内容も場所も開始直前まで伏せられている。

それ故に自然な反応だった。

　トイポは受験者の心情を見透かしながらも遠慮なく続きを言う。

「そしてやってもらうのは『魔草』の回収になるぞぉ。一番近い採取地はアドリスタ領のフォリア平原～。一番に確保し、俺に届けるんだぁ。分かったかあ？」

　魔草。

　魔力を豊富に蓄える草だ。これは様々なものに使うことができる。人や魔物が頬張れば魔力を回復できるし、マジックアイテムの動力源にすることもできる。

　主に魔族領に生えているが、場所はかなり限定される。

　誰からも質問がないと分かったところでトイポが言う。

「予め同意書にサインしてもらったがぁ、もう一度だけ確認しておくぞぉ。ここで試験を放棄しても構わない～。万が一には俺も動くがぁ、死ぬことは全然あるからなぁ～」

　ここまで来ての忠告。

　誰も手を挙げることはない。

　危険を冒してでもSランクになりたい。その心は誰もが一緒だろう。一人は違うが。

（Sランクになる！　ジードと一緒のランク！　そしてキ、キ、キス！　あわよくば！　同棲!!）

　その思考回路が謎なシーラだ。

隣に居るクエナに思考を読み取る能力でもあれば「本気で不純な動機で参加してるとは恐れ入ったわ……」とツッコミを入れそうなものだ。

「誰もいないんだなぁ？　魔族領は危険だぞぉ。高ランクの魔物がバンバン出て来るしぃ、魔族にも人族を見たとなりゃ襲い掛かってくる過激派がいるからなぁ～？」

トイポが念入りに問う。

集まっているAランク冒険者の中で魔族領に行ったことがある者は少ない。しかし、試験の高い難易度は想像に難くなかった。凄腕（すごうで）のAランク冒険者たちをもってしても。

それでも、たとえ命を危険に晒（さら）そうとも『Sランク』には価値があるのだ。

たかが一つの組織のランク。だが、そのたかがで今後の人生が大きく変わっていく。

依頼内容も、依頼者も、報奨金も倍以上に膨れ上がる。

引き抜きの話は更に色が付くだろう。

第一、来年のSランク試験も必ず難易度は高い。

彼らからしてみれば、今この試験を下りる理由がない。

最後に意志を確認したトイポが頷（うなず）いて見据える。

「おーけぇー。それじゃあ地図を渡すねぇ。先に行きたい人は行っていいよぉ～」

トイポが言うと、まず数名が動いた。

魔族領の地形を知っており、フォリア平原まで一直線に向かえるメンバーだ。経験豊富なディッジがこの面子に居た。

そして次にギルド職員から地図を受け取ったメンバーも動き出す。その中にはクエナとシーラ、そしてフィルがいた。

フィルもフォリア平原まで地図を受け取らずとも向かえる。

だが、クエナとシーラに謝罪する機会を窺っており、先に走り出せなかったのだ。

こうして今もクエナとシーラに気づかれないまま、ひっそりと後を追いだした。

その姿はジードを追うソリアに似ており……ペットは飼い主に似る。というやつだろうか。

◇

Aランク冒険者たちの試験が始まって、しばらく。

かなり歩いているが目的地には遠く、既に夕暮れになっている。

森の真っ只中でクエナとシーラが休んでいた。

「あんた、いつまで付いて来るつもりよ」

クエナが傍で鍋をかき混ぜているシーラに言った。

それにシーラが頬を膨らませる。

「なによー。じゃあご飯いらないってわけ？　返してもらうわよ、いま食べてるもの！」

「うっ、それは……」

クエナが思わず手にしている器を引っ込める。

それはシーラの調理したスープだ。地面に敷いてあるハンカチの上にはパンもあった。

「でも、私たちはパーティーじゃないから一緒に行動するのもどうかと思うわよ」

「そこはルールになかったからいいじゃないの。どっちにせよ私たちの片方しかSランクになれないんだし」

協力し合っても最後はSランクの座を奪い合うことになる。

どこまで利用できるか、利用されてしまうのか。信じる心と疑う力が必要になる。

「……Aランク冒険者で談合が起こってそうね。金銭での買収で他のAランク冒険者を味方に付けていたり、とか」

クエナがぼそりと現状を振り返りながら言う。

「そんなの、実力主義の世界じゃなんの意味もなさそうじゃない？」

「あんた、稀に真面目になるわね」

「稀にってなによー！　私はずっと真面目だもん！」

そんなやり取りの最中に呻き声が聞こえる。

風が峡谷を駆け抜けるような壮大な木霊が森全体に響いている。

咄嗟にクエナとシーラが剣を取って警戒する。

ここは既に――魔族領。決して油断できない場所だ。

『なにか、いる』

邪剣の魔力を纏ったシーラの口が動いた。

その視線の先は大きな葉の向こう側だ。なにやら気配を察知している。

シーラが前に出て葉に手をかざす。

クエナと一瞬だけアイコンタクトを取る。『開けるわよ』と。

警戒しつつ一気に葉を取る。フィルがいた。手に果物を持っている。口に頬張っている。

「あ、あんあ、おあえたい！（な、なんだ、おまえたち！）」

「……あんた。なにしてるのよ」

この無防備な姿。

フィルが隠れてクエナやシーラを監視していただけということは察せられた。

ごっくん、と口に含んでいるものを飲み込んだフィルが慌てて弁解する。

「べ、別になにもしてないぞ！　たまたま近くにいただけで理由なんてない！」

『気配まで隠して何を言ってるのよ』

「そ、それはだな……！」

意を決してフィルが言う。

「あ、謝りたかったのだ！　おまえたちに……！　前に喧嘩を吹っ掛けてボコボコにしてしまっただろう。その件に関してどうしても謝りたかったのだ……！」

「もう謝ってたじゃないの」

『そうよ。ご丁寧に手紙を送ってきたじゃないの』

フィルの今更の謝罪にクエナとシーラがポカーンと見る。

だが、それだけでは足りないとフィルが首を横に振る。

「私はソリア様が関わるとブレーキが利かなくなるんだ。冷静になった今だからこそ分かる……！　私はとんでもないことをおまえたちにしていた……！」

涙目になりながら、がばっと姿勢を正して両手を地面につける。

それからフィルは息を吸い込んで続けた。

「本当にっっっ……すまなかったっっ！」

『うん、いいよ』

「剣聖の土下座なんて、とんでもないものを見た気分ね。別にどうでもいいけど」

「すごいあっさりしてるんだな!?」

「根に持つほどのことじゃないし。むしろ格上と戦えてラッキーレベルよ」

『そうね。あの時は格上と戦えてラッキーだったわ。あの時はね』

「あの時は？……ぐぬ」

謝罪の気持ちはあるが、何か煽られているような気がする。言い返したいが、この場は謝罪が優先だと抑え込んでいるのだ。

しかし、

『うん。同じ状況なら勝つわ。二対一なら』

フィルの申し訳ない気持ちをシーラが吹き飛ばした。

「……良い度胸じゃないか。たしかに以前とは違って奇怪なオーラを己の身体に纏っているが、それだけで上回ったつもりか」

『奇怪って何よ！　私は私とは仲良しなのよ！』

「いや、でも確かにちょっと同化していってるような気がするわよ。あんた昔は邪剣と人格が別だったはずなのに、今やどっちがどっちか分からないもの」

『クエナまでなによ!?』

「そちらの事情はどうでも良い。だが、私の力を軽視されるのは看過できないな。この力はソリア様と共にある。ユセフには遅れを取ったがこれでも【剣聖】だ」

戦闘態勢。

フィルの目が鋭いものに変わる。

『あれ、ブレーキが利かないって状態に入った？』

「撤回するなら今のうちだぞ。私は疑いようもなくおまえたちより強い」

『うわー！　やる気満々だよ、この人！』

「待ちなさい。今回の試験は道中でバトっても意味ないでしょ」

剣呑な雰囲気の中でクエナが制止する。

ここで戦闘するメリットはたかが知れている。試験に集中することの方が優先だ。

「……良いだろう。Sランクになることの方が大事だ」

冷静さを取り戻したフィルが矛を収める。

しかし、と付け加えた。

「このまま引き下がって結論を先延ばしにするのも面倒だ。だから勝負をしようじゃないか」

「勝負？」

「ああ。この試験を突破した方の勝ち。それでどうだ？」

「随分と明快ね。ま、別にいいんじゃない。勝負なんてどうでもいいけど」

『ちょっと待った！　私は二対一なら勝てるって言ったのよ！　私とクエナは個人で参加してるんだから、結局一対一じゃん！』

「アホっぽいのに妙な理屈を立てるな」

『理不尽!?』

「別にいいじゃないの。それともシーラは一人じゃ不安なの？」

クエナが煽り口調で言う。

『なんでクエナが煽るのよ！　やっぱりジードとの約束に妬いてるの!?』

「なっ。別にそんなわけじゃ……！」

「約束？　なんの話だ」

『もしも試験を突破したらジードとキスするのよっ。だから私は負けない！　クエナにも、フィルにも！』

腕を組んで胸が強調される姿勢でシーラが自慢げに言う。

「キ、キスだとぉ!?」

フィルが過剰な反応をする。シーラと唇が交わりそうなほど前のめりになって。

「そんなのはダメだ！　許さんぞ！」

『なっ。どうしてダメなのよ!?　さ、さてはフィルもジードのことを……!?』

「ば、バカ言え！　私は……あれだ！　ソリア様もジードに好意を抱いているんだ！　だからダメだ！　ジードはソリア様の……ものだ！」

『なんか所々で間があったわよ！　フィルも本当は好きなんでしょ!?　気持ちには素直になりなさいよ！』

「な、なんでおまえが後押しを……。いや、いやいやいや、私は別に好きなどでは断じて……ないぞ！　まず理由がない！　そうだ。理由なんてないぞ！　神聖共和国を救ってもらったり私自身も救ってもらったりして恩を感じていないわけでもないし、不器用な優しさにあてられたとか、そういうのは関係ない！　最初に嫉妬してただけに関係が回復した後のギャップがすごいとか思っていてもダメなんだよ！　ソリア様が一番にジードを想っているはずなのだから……！」

フィルが早口で弁解する。

だが、思いっきり気持ちが筒抜けになっていた。

『それはソリアを言い訳にしてるだけでしょ！　誰かを優先して素直に気持ちが言えないなんてダメよ！』

シーラの心からの言葉だった。

かつて在籍していた騎士団。腐っていく父親や、親しかったはずの者たち。あの時にもし自分の意見をしっかりと主張できていれば。

そんな気持ちがあるからこそ、今のシーラは正直に生きている。

「し、しかし、ソリア様は私が心に決めた主だっ。逆らい背くような真似は……！」

『……ふむ。たしかに私もジードに背く真似はできない。なら妥協点を探せばいいじゃないの！　ソリアとフィルの両方がジードとくっ付けばいいの！　とても楽な理論！』

「ぐ……！　そんな、それは……！」

シーラとフィルの話は次第にヒートアップしていく。

そんな中でクエナは一人置いてけぼりになっていた。ジードと肩を並べたいと想いを告げた彼女だったが、それでもなお距離感をうまく掴めないでいた。

「ぐはぁっ！」

魔族の男が後ろに倒れ込む。

俺は殴りつけた拳を振りながら男を見下ろした。

「降参か？」

「……ああ、俺の負けだ。認めてやる。そのガキがここら一帯の主だ」

男が言うと後ろで見ていたフューリーが微笑みながら歩いてくる。

「よーしっ！　さすがジード君！　アドリスタ領のほとんどの地域は手に入ったね！」

「そうだな。すこし時間をかけたが」

俺とフューリーはアドリスタ領で幅を利かせている勢力を片っ端から制圧している。

これからはフューリーの配下になる男が起き上がりながら言った。

「しかし、どうして人族が魔族に手を貸すんだ？」

これまで色んな地域の主を倒す度に聞かれてきたことだ。たしかに他の種族の問題事に関わるやつなんて怪しまれて当然だろう。

「依頼だからな。仕事ってやつだ」

「金か。いくら積まれたんだよ」

「おまえも依頼したいのか？」

「べつに興味はない。ただ、気になっただけだ。どれくらいの期間、依頼されてんだ？」

「アドリスタ領を取るまでだよ」

「そうか。なるほどな」

特に違和感を覚えなかったようで、うんうんと頷かれる。

「しかし、フューリー……様だっけか。あんたはどうしてアドリスタ領を取ろうとしてんだ？　ここらじゃ見たことがない。他の領地のもんだろ？」

「気分さ。しいて言うなら人族の領土から一番近いからかなっ」

「……へぇ。もしもおまえさんがいた地域の主にビビって下剋上してないってんなら下手に領地なんて取らない方が身のためだぜ？」

それは新しい自分の主を想っての言葉なのか。

アドリスタ領を取れば依頼は終了だ。つまり俺がフューリーの傍を離れることになる。

あとはフューリーが一人で統治するだけだ。味方は限られてくる。

「んー。まぁ、その時にでも考えるよ」

男の言葉に対して、フューリーは別に何事もないかのように振る舞う。

能天気なのか、器がデカいのか。

「あのなぁ。どうせ他のアドリスタ領の勢力を倒したのもその人族だろう？　依頼が終わってこいつがいなくなれば、屈服させた勢力が反旗を翻して下剋上してくるぞ。悠長に構えてる場合じゃないだろう」

これは警告のようだ。

フューリーの敵は多い。身内も警戒しなければいけないし、他の領地から敵も来る。一時的に俺の力で従えさせても、フューリーの実力に降ったわけではないのだから。

つまり、男が言いたいのはこうだ。

傭兵モドキで領地を手に入れても、維持するだけの力がなければ無意味だ。領民はおまえの味方ではないんだぞ、と。

それは侮辱や軽視に値するが、フューリーは意味が分かっていないのかどうなのか、上げた口角を崩さずに首を軽く左に曲げた。

「へーきへーき」

その姿は楽しそうに笑う美少年。

しかし、背負っているものは大きい。自覚しているのかはさておきだが。

それからフューリーとアンデッドドラゴンに乗って次の目的地へ向かうことになった。

「それで、次はどうするよ？」

俺の言葉にフューリーが本題とばかりに口を開いた。

「それぞれの領域には城があるんだ。城に支配者の旗を立てれば、領域の主を名乗れる」

旗か。

そういえば人族にも国旗がある。それに似たようなものが魔族にもあるのだろう。

「それなら最初に旗を立てれば良かっただろう。なんで他の勢力のやつらをボコして回ってたんだ？」

「領主を名乗っても不服を唱える魔族も沢山いるからね。城に下剋上しようとする輩が押し寄せてきちゃうだろうし、最初にこうして挨拶に行った方が楽なんだ」

「へぇ、なるほどね。じゃあ、次はその城に向かうのか？」

「その通り。他の領域なら城は三つとか五つとかあるんだけど、アドリスタ領は一つだけ。そこを取りに行くよ！」

ウキウキした様子を見せてくる。

ってことは、これからクオーツ率いる軍勢と戦うことになるだろう。もう既に攻めてきているということだし、アドリスタ領を正式に支配するには一戦交えなければいけない。

だというのに、どうにもフューリーは交戦間近の態度ではない。

戦闘に関しては俺に全任せするつもりなのだろうか。

相手は既に領地を二つも持っている魔族だ。当然、途方もない軍団を保有しているはず。

数が多いと俺だけで全てを対処できるとは限らない。

つまりこれは……――。

「うん？」

「どうした？」

「ほら、あれ。人族がいない？」

「……ああ」

かなり遠い。

地平線の先にちらほら見える程度だ。生半可な視力では気づかない、それほどの距離。

冒険者だ。

どうやら負傷して撤退しているらしい。

さらに奥に向かえばクエナやシーラたちがいるだろう。

「ちょっとマズいかもね～」

「どういうことだ？」

「この先にボクたちが向かうお城があるからさ。クオーツたちの進軍ルートでもあると思うんだよね」

「そうか」

「あれ。なんとも思わないんだ？」

フューリーが意外そうに尋ねてくる。

彼は俺が試験を止めるとでも思ったのだろう。

「ギルドの試験だ。邪魔するつもりはない」

「仲の良い人たちがいても？」

「ああ。彼女らも危険は承知だろう」

「……ふーん」

どこかつまらなそうに。

なにかを見定めるようにフューリーが俺を見る。

「なんだよ？」

その視線の意味を探るべく、尋ねる。

だが、フューリーはすぐに他のほうを見てとぼけた。

「なんでもないっ」

相も変わらず微笑みながら。

◇

監督役のトイポは高く聳え立つ山の上で受験者たちの様子を見ていた。

当然、受験者たちは一丸となって動いているわけではない。そのため全員を追うことはできないが、ある程度は把握できている。

(あれは脱落だなぁー。あれも家に帰ってるなぁ〜)

もう既に数名が逃走している。

試験の離脱は申告する必要がない。棄権する判断は各々に任されていた。

Aランクともなれば身の危険は察知できる。Sランク試験は、また来年、再来年とチャンスもある。だからこそ合格できないと分かると早々に撤退していた。

だが、逃げ切れない冒険者はいる。

(あ。あれヤバいなぁ)

トイポの視野に森を駆ける冒険者が入る。

明らかに逃走を図っており、戦意は完全に喪失しているようだった。

獅子の頭部に馬の手足、胴体は象で、背にはドラゴンの翼を生やしたキメラの大群が彼を襲っている。

このままでは間違いなく死ぬ。

普通の監督役であれば助けるような真似はしない。

なぜなら、これは試験であり、「邪魔」をしてはいけないからだ。
だからこそ、死に際の冒険者は絶望していた。
助けは絶対にありえないと。
しかし、トイポは躊躇なく魔法を展開してみせた。
受験者とキメラの間に亀裂が走る。
地響きと、巨大な揺れが森全体を襲う。
地を駆けるキメラの足が止まり、その間に亀裂が広がっていく。
顔を覗かせると底が見えない深さだ。
「……！」
受験者が思わぬ僥倖に驚きながらも全力で人族の領地に戻る。
その姿を見てトイポが満足そうに頷く。
異名【探検家】と、数少ない「個人」でSランクの称号を持つ男――トイポ。
その実力は本物だ。
不意にトイポが気づく。
遠い場所から異形の集団が近づいて来ていることに。
（あれはぁ？）
それは確実に――波乱の幕開けになる。

第三話　動き

魔族。

その姿形は様々だ。しかし、人族や獣人族とは違う点が幾つもある。

獣人族は獣と人族の合わさったような種族であるのに対して、魔族は魔物と人族の合わさったような種族である。

それこそ、ドラゴンやウルフ、果てはオーガに至るまで。

魔物と獣は、その種が平均して保有する「魔力量」で区分する。

魔力量は身体(からだ)の成長や強度、生命力の強さなどに比例する。

魔物の魔力量は多く、獣は少ない。

当然、総合的な種族の強さは魔族の方が高い。人族も獣人族も、一部の特異な者を除けば劣っている。しかも、魔族の中の一部は強さが飛びぬけている。

どうして、そんな「進化」もしくは「退化」を遂げたのかは解明できていない。

様々な説が未(いま)だに提唱され、研究をされている。

ただ最も広く信じられ、分かりやすい説明は「神がそうなるように作ったから」だ。

とにかく、その魔族の大軍が規律を保ったまま行進していた。

千以上の数で大地を揺らしていた。

その中に「格」が違う者が計七名いた。

一人は行進の先頭にいる。翼をもがれた黒竜に跨り、六本ある腕を組んでいる蜘蛛と人が混ざったような二メートルの体躯を持つ男——ロンラー。

もう一人、先頭を行く者がいる。華奢な身体で黄銅色の髪を持つ女——リスト。こちらもライオネルという獅子に似た深紅の魔物の背にうつ伏せに寝転がっている。手足はぶらんっと力なく垂れている。

さらに後方にも二人ほど配置されている。

だが、最もオーラを放ち、魔族の兵たちに緊張を強いているのは中央にいる三名だ。

右には白銀の髪で右目を隠した物静かそうな男がいる。この大陸では珍しい和服に身を包み、黒刀を携えており、ゆっくりと、しかし周囲のペースと合わせて動いている。

左には傲慢そうで不敵な笑みを浮かべている骸骨がいた。

「ハク、イスタ」

ハクと呼ばれた右の男が、イスタと呼ばれた左の骸骨がそれぞれ振り向く。

中央に座しているのは、十人の魔族が担いだ御輿の上にいる男——クオーツだった。プライドが高い魔族が誰かを御輿で担ぐなど非常に屈辱的なのだが、それを成すだけの力がクオーツにあるということだ。

人型だが全身が黒色。翼は片方しかなく、額の左右に直角に伸びた角が生えている。

「どうかなさいましたか？」

ハクが率先して問い返す。

「おまえたちがやれ」

「……――」

最初、クオーツの言葉を聞いていた誰もがその意図を理解できなかった。

しかし、道行く傍らの草木から冒険者が出てきた。距離にして百メートルほどだが、魔族たちが気配を察するには十分だった。

遅れて気づいた骸骨が右手を広げる。

冒険者の下に魔法陣が展開され――身体の内側から骨が飛びぬける。見るも無残な姿に変貌を遂げた。

「おやおやあ。人族が紛れ込んでいるとは」

骸骨が間延びした声で言う。

容赦なく、殺した。

敵意を感じる前に、命を消す意味があったのかも定かではないままに。

「些事だ。今後も同様のことがあればおまえらに任せる。このまま進め」

クオーツはそのまま死体に見向きもせずに城へと軍を進めた。

この命令と似たようなことがあると暗に二人に告げて。

◇

試験の中断はあり得なかった。

ギルドの方針として、どんな困難な状況であっても打破しなければ、最高位の称号たる「Sランク」には相応しくないとも考えられていた。

そのため、毎年のように難易度の高い試験をクリアしてSランクが誕生するわけではない。むしろ数年に一度くらいでしか生まれないのだ。

Aランクでポイントをカンストした冒険者には、己の未熟さを理解する良い機会になる。

しかし。

今回に関しては話が別だった。

監督役であるトイポが違和感に気づき、真っ先にギルドに連絡するほど、例年とはかけ離れた「異例」だった——。

「！」

フィルが何かの気配を察知する。

隣にいるシーラが、そんなフィルの様子に気が付いて問う。

「どうしたの？」

「あんた、平然と聞くわね。もっとこう、自分で気づこうとしなさいよ。私たちは個別で試験を受けているって分かってるの？」

「いいじゃん、減るものでもないんだし！」

「元騎士らしい公正な意見ね……」

シーラの堂々とした態度に、クエナは呆れて皮肉を交えた。

だが、かくいうクエナもフィルの察知した気配は辿れていなかった。

「……――」

フィルは一向に口を開こうとはしない。

頬に汗が伝っている。それは事態の深刻さを物語っていた。

「ちょっとー、フィルー。なんで黙ってるのよ。もしかしてお花を摘みたいのー？」

シーラが小馬鹿にした様子でフィルを突いている。

だが、フィルは冗談には付き合わずに二人を見た。

「分からないのか」

ただ、一言。

いよいよ、クエナとシーラも神経を尖らせる。

元より警戒は怠っていないが、フィルの言葉で一層の集中をする。

「なんだか、あっちのほうすごい静かね」

シーラが右を向きながら言った。

後にクエナも頷く。

「そうね。不気味なほどに」

他の方向は獣や魔物のざわめきが聞こえている。

静けさ。森の只中でそれは明らかに異質だった。

フィルが事態を飲み込んだ二人に対して重々しく言葉を放つ。

「この森の一角を沈黙させることができる奴、もしくは奴らがいるということだ」

「……他の受験者もいるはずよ。そいつがやったとか？」

クエナが言う。

他のAランク冒険者がこの森にいる可能性は、目的地が同じである以上高い。

「そうだな。これだけの芸当をやってのける者もいるかもしれない。……とはいえ――」

フィルが言いかけたところで、

――ブルブル
三人の冒険者カードが振動する。

それはギルドからの通知を意味した。

同時に来たことから指名依頼ではないと瞬時に理解し、三人は冒険者カードを手に取る。

内容を見て、真っ先に反応を示したのはシーラだった。

「わお。試験放棄推奨通知だって」

想定していたよりも遥かに危険度が高かった。

そのため、試験の放棄がギルド側から勧められたのだ。

だが、これはあくまでも『推奨』であり、強制ではない。試験中止の通知ではないので突破できればSランクになれるということだ。

「おまえたちはどうするのだ？　私はこのまま行くぞ」

フィルはお構いなしの様子だ。彼女にはそれだけの自信と実力があった。

反対にクエナは慎重だ。

「……放棄、ね。いかなる危険も想定した上で実施した試験のはずよ。それなのに、こうして通知まで寄越すってことはよっぽどじゃないの。座学じゃないんだから、臨機応変な対応は必要でしょ？」

「おそらくだが、これは監督役ないしギルド職員が直接送って来た通知だろう。この素早い対応は現場でしかできないからな。ギルドの上層部が判断したものではないはずだ」

「それって、監督役が弱いからビビってるってこと？」

フィルの言葉にシーラが聞き返す。

肯定とも否定とも取れない表情でフィルが言う。

「ギルドのSランクが監督しているんだ。弱いというわけではないだろう。ただ、あくまで現場の人間が自分の物差しで判断した結果が通知されただけ、と言っている」

「それって暗に自分よりも格下だって言ってるようなものじゃないの」

クエナがフィルの隠れた考えにツッコミを入れる。

「……まぁ、傲慢と言われても構わん。だが、私はそれでも行かねばならないのだ。ソリア様が待ってくださってるからな」

それは騎士たるフィルの矜持だ。

どうしても譲れない部分が彼女にはある。

そして、それを聞くとシーラも黙ってはいられなかった。

「むー。私もジードのために行かないといけないもん！」

それは例の約束のため。

シーラの騎士的な矜持的な、そんな感じのあれだ。

だが、クエナは口を強く一文字に結ぶ。

（……スティルビーツ王国では私のワガママで戦場に出て負けそうになった。また無理に進む決断をしたら戻ってこれないかもしれない……）

そんな迷いを巡らす暇はないとばかりに、草むらがワシャワシャと揺れる。

三人が目を見開いて戦闘態勢に入る。

だが、数瞬して声が届いた。

「だから若造は素直に帰れって。ここはベテランじゃないと難しいぞ」

ひげを生やしたディッジ。

「若造とはなんだ！　僕はスティルビーツの王子にしてAランク冒険者のウィーグだぞ！」

胸に手を当てて誇大さを醸し出すウィーグ。

「Aランクは同じだっつの」

「同じでも成った年齢が違うだろう！　僕は若くしてAランクになっているんだ！」

「実力と経験をゆっくり積み上げた俺の方が上だ」

そんな言い合いをしている二人の冒険者。

ウィーグとディッジも三人を見つける。

「なんだ、おまえたちも行くのか？」

「ジードの兄貴の彼女さんたちじゃないですかっ！」

二人の反応を見て、フィルがクエナを見た。

「退くのは自由だ。だが、自信があるならば行くべきじゃないか。興味はないが、おまえは『やつ』のパーティーメンバーなのだろう」

「……」

フィルに言われ、クエナがしばらく黙した。

心の奥底から諦めきれない感情がふつふつと湧いてくる。

「……あー！　もう、分かったわよ！　行くわよ！　それと、私は別にジードの彼女じゃないわよっ！」

吹っ切れたクエナも進むと判断するのだった。

◇

「……これは驚きましたね」

それはソリアの声だ。

半透明の水晶にその身を映している。

そんなソリアを見ているのは神妙な面持ちのリフだ。

両者共に手元には一枚の用紙が握られている。それは依頼書のコピーだ。ジードが引き受けた依頼、そして依頼者の名が記されている。

「フラウフュー・アイリー。――三つの領土を持つ魔族、ですか」

「ああ。魔王に最も近い者じゃ。それがジードを連れて領土を取りに行きよった」

依頼書に同封された書類にはギルドマスター室に仕掛けてあるマジックアイテムで撮影

された写真も付いていた。

そこに写るのはギルドからジードを連れて出た華奢(きゃしゃ)な少年の顔だ。

——通称、フューリー。

フラウフュー・アイリーこそがフューリーの本来の名前。その正体は魔王に王手をかけた魔貴族だ。

「こんな顔をしていたのですね」

「ああ。魔王に最も近い者であるのに、歴代で最も影が薄く、存在が目立たぬ」

「彼が起こした幾つもの事件は耳に入るのに、ですか」

「フューリーに関する重要な情報を漏らそうとした者は消えるからの」

チョキチョキ、という心地よい音がする。

ソリアがリフから受け取った写真を切っていた。

「なにをしているのじゃ？」

「フューリーの顔写真を切り取って神聖共和国の中で拡散しておきます。各国にも手を回しておこうかと」

「いや、それは別に分かっておるが……」

切り取る必要あるか？

そこがリフの疑問だった。

リフから見ればソリアは左手に書類と写真を持ちながら右手で切っている。つまり何を切り取っているのか分からない。

しかし、ソリアが切り取った写真を机上に置いたところで、ようやく察した。

「では、この写真のみ情報共有のために使わせていただきます」

そう言いながら、フューリーの写っていないの方の写真、本来捨ててしまうはずの部分を袖に入れた。それは――ジードの写っている方だ。

リフにも同じ写真が手元にある。フューリーが切り取られたらどこが残るのか分かる。

写真にはジードがフューリーに手を引っ張られて転げないようにバランスを取りながら歩いている姿が写っている。

（シーラを彷彿とさせるヤバさじゃな）

もしくは、それ以上か。

ソリアのジード信仰にはリフも勘付いていた。

「それで、私にご用件とはどういった趣でしょうか？」

ここから本題に入る。

リフがソリアと連絡をとった目的は知らされていなかった。

「いや、なに。お主は『聖女』じゃからの。魔王が生まれる兆しを伝えようというだけじゃ」

「……ふむ。ジードさんの手助け、というわけではないのですね？」

「意外じゃの。あやつが手助けを欲すると思うのか？」

「いいえ、まったく。ただギルドにとってジードさんは大切なお方なので、万が一がないようにと考えたのですが」

「ふふ、安心せよ。こちらでも『色々』と手を打ってある」

その笑みには底知れぬ何かがあった。

そんなリフを見てソリアはそれ以上は何も言わなかった。

「では、ただ備えろという話ですか」

「うむ。ジードが失敗するとは思えん。まず間違いなく魔王は生まれる」

「……成功報酬に魔族領にギルド支部を設立する、とあります。これは人族と魔族の平和のためのものですか？」

ソリアの着想はごく自然だ。魔王が生まれてもギルドが平和の架け橋になるのではないのかと。そのための魔族領のギルド設立なのではないのかと。

実際に、獣人族と人族の間では様々な組織が往来して入り乱れており、良好な互恵関係を生み出している。

「いいや。そう上手(うま)くはいかん」

まるで何かを悟っているかのように。

リフが遠い場所を見る。

「人族と魔族は『何か』が作用しておる。剣で切り結ぶことはあれど、手を取り重ねることはないじゃろう」

「それは……」

「そもそも簡単にギルドを設立させてくれるとも思えんしの」

何か言おうとしたソリアに、リフがかっかっかと笑い飛ばす。

それは明らかに何かをはぐらかしたような言い方だった。

リフが続けて口を開く。

「まぁ、魔王が生まれたら間違いなく、ソリア——お主が聖女じゃろう」

「……」

はい、とは答えない。

勇者パーティーのメンバーはあくまでも女神が決めることだから。

ここで頷く(うなず)ことは傲慢。そんな謙虚さがソリアにはあった。

だが、今の世に聖女と呼べる存在はソリアしかない。

それを二つ名である【光星(こうせい)の聖女】が体現している。

だからこそリフは連絡をとった。

「他の役職は誰が神託で選ばれるか分からん。じゃが、勘ではあるが勇者に——ジードが選ばれるだろう」

「ええ」

今度はソリアも頷いた。

「そうなればジードにも言うつもりじゃが、お主らギルドを抜けろ」

「――――！」

あっさりと放たれた言葉にソリアが目を見開く。

「どうして、ですか……？」

「ギルドはこれより人族からも魔族からも人材を募る組織になる。魔族領に関しても、実はギルドの前身となる組織はすでに送り込んであるのじゃ」

「……女神の神託で選ばれた勇者たちを魔族が所属する組織におけないということですね」

それは表面的には厄介者の追放だ。

だが。

ソリアは違うと考えた。

それは優しさなのではないか、と。

もしもギルドに残ればジードもソリアも動きづらいだろう。

あらゆる方面に忖度(そんたく)しなければいけない。そんな状態にはしたくない。そんな考えがリフにあるのではないか、と。

しかし、それだけではない。

ソリアは未だにリフの奥底が読めていない。

ジードやソリアのことを大事に考えてくれているならば。

どうしてわざわざ魔王を誕生させる依頼を引き受けた？

様々な思考の糸を紡ぎ合わせてみるが、どれも整然とした答えにはならない。

ただリフに言われるがまま、ソリアは頷いた。

「——元勇者パーティー『賢者』のリフ様のお言葉なら、私も了承する他ありません」

「そんな肩書よりもわらわ自身を見て欲しいがの」

どこか懐かしそうにリフが笑った。

◇

ウェイラ帝国。

帝都から数千の軍勢が外に向かって行進していた。

中央にはルイナ、傍らには第０軍軍長のユイと第二軍軍長のイラツがいる。

民衆は大きな歓声を以て、その軍勢を見送っていた。

「この歓声は凄まじいですな」

イラツが周囲を見渡しながら感嘆を漏らす。ルイナの手腕を褒めているのだ。

スティルビーツ王国で敗戦して以降、ウェイラ帝国の士気は大きく下がっていた。

それどころか遂に幾つかの属国はウェイラ帝国に反旗を翻し、連合まで組む始末だ。

だが——そうした不満を一気に抑え込んでしまう。

その上、離れていた衆人の心をこうも容易く摑んでいる。

それは果てしない人心掌握術。

「民衆は愚かであり、賢くもあるからな。かつて神聖共和国を陥れた七大魔貴族ユセフの情報を広め、その遺恨を晴らすため、危険を拭うために魔族の征伐を行うと大々的に知らしめればこうも簡単に手のひらを返す」

ルイナは容姿は幼女なギルドのマスターを思い出しながら言う。

「アレの策に乗るのは面白くはない。が、それ以上に魔族領の獲得は美味しい」

「……で、ありますか。しかしながら、今回こそは失敗はできませんな」

イラツが苦々しい表情を浮かべる。

スティルビーツ戦、連合戦、その他にもクゼーラ王国への侵攻やウェイラ帝国にとっては小競り合いといった規模の戦を幾つか。

いくら巨大な軍事国家であるとしても、看過できない傷を負ってきた。

「分かっている。これに失敗すれば首と胴が離れることになるだろう」

覚悟。

それはルイナの強さの正体でもある。

一つ一つの言動に自らの命を賭ける。ルイナは本当に首が落ちる覚悟をしている。

だからこそ、巨大な国を治める主たり得る。

だからこそ、多くの犠牲を踏み台に進める。

だからこそ、残虐非道でいられる。

全ては国のために――。

「だが大丈夫だ。あの女狐（リフ）から良い報せ（しら）を聞いたからな」

こくり、とユイが頷く。

「ユイもそう思うか。ふふ」

「……ギルドですか」

イラツの表情は苦いままだ。

彼にはあまり良い覚えがない組織だった。

「Aランクたちが昇格試験のために魔族領にいるそうですが、役に立つのやら……」

「そう言うな。見た限りでは私の妹のクエナと、その隣に居た金髪の少女は引き抜きたいほどの力を持っていた。あれだけでも十分な戦力だ」

「……」

こくり、とユイが頷く。

実際に戦った彼女だからこそ分かり得る話だった。

そして、イラツもそれに疑いを持たない。

「しかしですな、ギルドのマスターは我々をむしろ盾のように扱おうとしている節があります。冒険者たちを守るような」

「ふふ、そうだな。それもまた女狐の狙いだろう。結局は利害関係の一致というやつだ。我々は大義名分と成果が欲しい、それもまた事実だ。そしてなにより――」

「ジード」

ユイがぼそりと呟く。

それを聞いたイラツが恐怖に顔を歪ませる。

イラツはこれでも第二軍の軍長を任されるほどの男だ。

ギルドでいえばSランクと互角以上の力を持ち、万の軍勢を率いるカリスマ性と知識を併せ持っている。

だというのにも拘わらず、その男の名前だけは聞くだけで心臓が跳ねる。

ルイナがニヤリと笑う。

「ああ。ジードも参戦しているそうだ。依頼を受けているとな。あれは史上稀……いいや、史上初にして史上最後の怪物だ」

「随分と……あれが敵であるか味方であるかも分からないのですぞ。我らウェイラ帝国だけじゃない。人族、もしくはこの大陸すら滅ぼす厄災になりかねません」

イラツが言う。

それは一見すれば敵意とも取れる。

だが、違う。

明確な畏敬が込められていた。

次元の違う存在に対する恐怖と敬意があり——ただ警戒心を抱いているに過ぎない。

イラツ自身では到底敵わないと理解しているからこそ、敵意は皆無だった。

「そうだな。やつがその気になれば——」

帝都の巨門をルイナたちの一行がくぐる。

その先には地平の先まで埋め尽くすほどの軍勢が待機していた。

「これだけの軍勢を揃えてもきっと意味をなさないだろう」

「……そうですな」

実際に、そうであった。

数であれば数万、数十万だ。

ウェイラ帝国から、属国から、傭兵団、ギルド、さらに魔族征伐という大義に名乗りを挙げた民兵から。

これから行われるのは『戦争』だ。

七大魔貴族ユセフが卑劣な手で神聖共和国を陥れようとした。その報復として。

魔王がいない今だからこそ。

敵討ちは大事だからこそ。

帝国がさらに巨大になるのなら。

人族がさらなる繁栄を築き上げるのなら。

理由はいくらでも作れる。

賛同者はいくらでも偽装できる。

人族の民意は一人の独裁者によって、あらゆる疑問符を打ち消されて動き出した。

「さぁ、始めようか。——侵略を」

◇

そこは魔族アドリスタ領にある、巨大な研究施設。

「ほう。ここが動力源になって魔力を上手いこと分配しているんですな」

モノクルを掛けた、人型の魔族。

白色の尻尾が生えており、先端は尖っている。

露出の少ない燕尾服を纏った男の手の甲や頬には竜の鱗が生えている。瞳は爬虫類のような獰猛さを持っている。

男が手に持っているのは女神アステアを模した人形だ。

かつてジードが屠った七大魔貴族のユセフが、アステア教の人々の魔力を回収するために使っていたものに該当する。

「はっ。こんな小賢しいものなんかに頼るから雑魚なんだよ、あいつは」

仮にも七大魔貴族であったユセフを一笑する、大男。

肌は岩のようにゴツゴツとしている。

左右合計十本の腕が生えており、同じ数だけ目が存在していた。

「腕自慢のデンダー君はそう考えるでしょうけれどもね。私からしたら大変興味深いものばかりですよ。仮にも七大魔貴族になれるだけはある」

うんうん、と燕尾服の男が頷く。

「ロクンでもユセフと代替わりくらいできるんだろうが」

「ははは。ユセフさん程度なら簡単に」

腕が十本ある男、デンダー。

燕尾服の男、ロクン。

並々ならぬ雰囲気を纏っている。

「おーい。そろそろフューリーさんところ行くぞ～」

不意に二人に声をかける存在が現れる。

それは辛うじて声から女性であることが分かる、半透明のアンデッドのような魔族。所々が爛れており、場所によっては出血している。輝きのない白髪を伸ばしている。

「おや、リリルレさん。………ふむぅ。できればもう少し見ていたかったのですが」

「んなもん、適当な手下どもに見張らせて後にしろよ」

「そうですねぇ。ちょっと、そこの君。ここしっかり守っておいてね」

半透明のリリルレに呼ばれ、三人は研究施設を出る。

同時にロクンが外で控えていた一人に声をかけた。それはロクンの部下の一人だ。

甲冑に身を包んだ騎士のような兵士は、黙って膝を突いている。その傍らには巨大なジョロウグモに似た魔物が横たわっている。大きさにして三メートルはあるだろうか。

Sランクの魔物――クイーン・リベラ

ロクンの部下はそれほどの魔物を倒した後も全くの無傷。どころか土ぼこりすらも付けていない。

そんな者を従えている彼らの強さは推して知るべし。

魔王に最も近いフューリーの最側近、【三魔帝】。

王とは名乗らぬものの、その強さから『王』を上回る『帝』を冠した別名を持つ、正真正銘の怪物たちだ。

彼らはフューリーと出会わなければ、それぞれが七大魔貴族になっていたであろう者たち。

では、フューリーは――。

俺とフューリーが城に向かうと、すでにAランクの冒険者たちとクオーツ陣営の魔族との戦闘が始まっていた。

まだ遠く、空から状況を把握する他ないが、大体は分かる。

冒険者は十五名。

対する魔族側は千を優に超している。

数は明らかに不利だ。

そして……質。

冒険者たちは全員がAランクのポイントをカンストした者たちだ。全員が強い。に、してもだ。

魔族たちは最低でもBランク以上はある。それが雑兵クラス。

さらにはSを超す怪物もちらほらいるようだ。

「六魔将は動いていないみたいだね」

ふむふむ、と隣でフューリーも見やる。

つまりは俺が感じ取った「怪物」たちのことだろう。

合計で六人。

まだ全員が手を出さずに見ているが、動けば戦況はさらにギルド側に不利になるだろう。

だが、それだけじゃない。

一人だけ座して戦場を俯瞰しているやつがいる。

「あれがクオーツか？」

「そそ。どう？　ジード君の目から見て、彼は」

「強いな。だが、あれがボスってのは……どういうわけだ」

たしかに強いが、それでも六魔将と大差ないように見える。

もしもあの六人が下剋上を企んだとすれば、クオーツが生き残れるとは到底思えない。

少なくとも魔力から見た力量差は拮抗しているように見えた。

フューリーが概ね同意とばかりに頷く。

「だから不思議なんだよねー。彼は負けたことがない。六魔将もかつてはクオーツと戦ったけど全員が綺麗に負けちゃってる。なんだろうねー？」

「――まぁ、すぐに分かるんじゃないか」

それは、山。

丸々一つの山が宙から降ってきている。地面で戦闘を繰り広げている連中も、不自然な影が落ちたことでようやく気づいたのだろう。

見上げた頃には風を切る音と共に、眼前にまで不可避の物体が落ちてきていた。

「ヒュー！　すごいねぇ！」

フューリーの絶賛の声と共に山が地面で跳ねた。

クレーターができあがる。

下敷きになった魔族は四肢が飛んでいたり、紙ほどの厚さになっていたりと、原形を止めていないようだった。

風圧で飛ばされた者もいる。粉々に砕けた山の欠片も周囲に飛び散っていた。

それを成したのは小太りの人族だ。

俺も見たことがある。

度々「未踏の地を見つけた」「誰もが進めなかったダンジョンを踏破した」なんてニュースで話題になっている。

Sランク冒険者、トイポだ。

本来の試験で想定されていない異常事態であるようだから、彼も参戦するのか。

◇

いきなり降って来た山に魔族側は混乱していた。

戦況が一変するほどの事態に六魔将が重い腰を上げる。

「そろそろ動くぜっ！」

ライオネルの背に寝転がっていた魔族の女、リストが快活に言う。

隣では六本腕の巨軀(きょく)を持つ男が頷いた。そして視線でディッジとウィーグを捉えた。

「ああ。俺はあのヒゲとガキをやろう」

「りょーかいっ！　じゃあ私はあの赤髪と巨乳の金髪！」

そして、戦場には六魔将も入り交じる――。

◇

トイポが投げた山により、戦場の時が止まった。

「まったくぅ……どうして誰も逃げてないんだよぉ～」

トイポが愚痴を吐くように言う。

冒険者の一人が声を挙げた。

「ト、トイポさん……っ！　やっぱり今の攻撃はあなたが……！」

「この事態はさすがに見てられないからねぇ。そんなことよりも――来るよ」

トイポが鋭い目つきになる。

突然のトイポの支援に戸惑っていた魔族、そして六魔将が動き出した。

魔族側の怒濤の猛攻が始まる。

「くっ……キリがないわねっ！」

クエナが言う。

それに反応したのはトイポだった。

「この事態はリフさんにも報告してあるけど、中止にしろとは言われてないんだぁ。リフさんにも考えがあるんだよぉ。まぁ、それまで耐えきれってことだねぇ」

トイポが両手を合わせる。

すると魔族の軍勢の両側の地面が盛り上がった。

それらは二対の山となって、

「――『噴流凹凸』」

勢いよく山同士がぶつかり合う。

だが、それらは魔族を圧し潰すことなく――切り刻まれる。

黒い残像が見え隠れした。

存在感を顕わにする男。ハクだ。

「……硬いな」

その周囲には六魔将。

さらにはクオーツまでもが中央にいた。

『来るっ！』

シーラが言う。

ダンッ、と砂ぼこりを巻き上げて一つの影がクエナとシーラめがけて突撃してきた。

そのあまりの速度に一瞬、見失いそうになる。

だが、クエナは捕捉して炎剣で応戦する。

重たい音が響き渡る。

「ひゅーっ！　やるねぇ！　この一撃であんたを終わらせようと思っていたんだけど！」

楽し気にリストが言う。

反してクエナの表情はあまりよろしくなかった。

(危な……っ！　少しでも反応が遅れていたら――……！)

クエナが足元を見る。

かなり後退させられた跡があった。

それだけの破壊力がリストにあったことの証明だ。

『クエナっ！』
横からカバーが入る。
シーラだ。
リストへ一撃を加えようとする。
しかし、その剣はあっさりと摑まれてしまう。
「あん？　なんだ。この程度――」
リストが違和感に気づいてすぐに手を離す。
それは野生の勘だった。
が。
時すでに遅い。
「くっ……!?　なんだこれは……！」
リストの身体全体に重たく黒い靄がかかる。
それは魔力だ。
『あなたが触れたのは邪剣。それは呪いよ』
ずしり、と確かにリストは自身の身体が重たくなっているのを感じる。
不意に殺意。
それは先ほど突っ込んだ相手からの逆襲。

「──紅打（こうだ）！」

それはクエナの一撃だ。

天上まで駆け抜けるような炎がリストに向かってきた。

ニヤッとリストが笑う。

「上等じゃねーかァ！」

膨大な魔力がリストから放出される。

シーラの呪いすらも撥（は）ね除（の）けた。

そして、クエナの一撃を喰（く）らう──。

『どう!?』

シーラが言う。

しかし、クエナは確かな手応えを覚えていなかった。

「ははっ。舐（な）めてかかってたぜ」

リストの露出した肌からは獣の皮膚が見える。

口元には八重歯が見え、頭の上から虎の耳が生えていた。

『獣人族……？』

「いいえ。間違いなく魔族よ」

シーラの問いに、クエナが答える。

「ご名答。先祖に人間とライオネルがいると言われている。人と、獣人と、そして――」

バチリ。

閃光(せんこう)が走る。

「魔族の力を持っているんだよ！」

目にもとまらぬ速度で、今度はシーラに向かう。

『ちょっとちょっと！　速すぎるんですけどっ!?』

シーラがリストの猛攻に耐えながら言う。

リストの背後をクエナの剣が襲う。

しかし、後ろも見ずに剣が避けられる。

「ははっ。やっぱり良い剣技だね！　でも私には獣の勘もある。それじゃあ通らないね！」

『ど、どうしようクエナ！　あれかなり速いわよ!?』

「なに言ってんの。あんたも騎士団で【瞬光】のシーラとか言われてたでしょ。速度くらい見せつけてやりなさいよ」

『な、なんで私の異名を知ってんのよ!?』

顔を赤くしながらシーラが言う。

自分で名乗っているわけではないらしく、クエナに二つ名を言われて恥ずかしいようだ。

「そりゃ一時期のクゼーラ騎士団は有名だったからね」

『それはジードがいたからで――！』

「――戦闘中になに話してんだいッッ！」

リストの猛攻が再び起こる。

二人して戦ってもなおジリ貧だ。

◇

「おい、おっさん！　大丈夫かよ！」

「……てて。ああ、かすり傷だ。それよりも来るぞ！」

ディッジとウィーグは六本腕の男と相対していた。

右腕を押さえているディッジの顔は苦痛に染まっている。

「無駄に抗(あらが)うな。どうせ、おまえらでは勝てんよ」

男、ロンラーは冷静に実力差を見据えながら二人を見ていた。

◇

「……やるな」

フィルが剣を上段に構えながら呟く。
その正面では黒刀を片手に持って佇むハクがいた。
「……」
周辺は剣戟による無数の跡が残っている。
切り倒された木。
抉られた大地。
フィルとハクの実力が高みにあることが分かる。
だが、フィルにとっての相手はハクだけではなかった。
フィルの足元に魔法陣が展開される。
「ちっ……──！」
即座にフィルが離れる。
しかし、今度は身体の四方から魔法陣が展開された。
魔力を込めた剣でフィルが魔法陣を斬って霧散させる。
だが、同時にハクの刀が横から迫る。
なんとかそれを剣で防ぐ。
とにかく防戦一方。フィルの側から攻撃を仕掛けることができない。
「……やれやれ。どうして私には二人がかりなんだか」

思わず愚痴る。

「それは貴方（あなた）が強いからですよ～。分かっているはずですよね」

答えたのは骸骨のイスタだ。

「一人でも精一杯なんだがな」

それはフィルの本音だった。

冒険者の数は少ない。魔族は戦力を集中させて確実に勝てる状況を作れば良いだけだ。

その戦場だけは常軌を逸していた。

山が生まれていたり、
あるいは巨大な地割れが起きていたり、
その戦場近くに居た魔族は尽く（ことごと）消えていた。

だが。

「なぁんで攻撃が全部当たらないのぉ？」

「単純で考えなしだからだ」

トイポの攻撃を退屈そうに眺めるだけで一切のダメージを負っていない。

それはクオーツ。
魔族の最高峰の一角とSランク冒険者が相対していた。
六魔将ではなく、七大魔貴族自らが動いている。
援護のために来たトイポも自らの敗北のイメージしか浮かばない。
最初の一撃で魔族を削ることに成功したが、冒険者は苦戦を強いられている。
トイポが腕を挙げる。
刹那、一帯の土地がドロリと歪む。
ジュワ
不気味な融解音がした。
トイポの足場を除いた一面がマグマに変わる。
当然、クオーツの足場もそうなるはずだった。
しかし、一切変化していない。
「魔法で……相殺したぁ!?」
「死ね」
一筋の光線がトイポの脇腹を抉る。
それはクオーツの完璧な一撃だった。
「……な、ぜ……!?」

マグマに囲まれて左右に動けなくなったトイポにこの攻撃は躱せない。
トイポが一つの仮説を立てる。
クオーツの強みは戦術を組み立てる頭脳ではないか、と。
状況が変わった一瞬で弱点を見つけて突くだけの分析力、判断力……。
当然、トイポも次の戦略は立てていた。弱点をすかさず消し去る行動を。
だが、その一手を出す前にやられた。
その頭脳で戦場を俯瞰して敵を確実に倒す、恐るべき魔族――……
薄れゆく意識の中でトイポが目にしたのは黒い髪の男だった。
「――ジード……さ……ん？」
普段は僻地での探索をメインにしているトイポでも知っていた。
同じランクに位置する男。
ギルドに入ってからとにかく破天荒な事件ばかりに巻き込まれ、あるいは異次元の
ニュースばかりを打ち立てる男。
そんな男が目の前に立っていた。
「大丈夫そう……かね」
気が付けばマグマだったはずの一帯が凍っていた。

第四話　到着

俺が現場に着くと監督役らしき男は既にやられていた。

意識はあるようだ。しかし、腹部に穴が空いている。

「おい、おまえ。立てるか？」

「……ぬ……ぅ……」

男がなにやら取り出す。小瓶のようなものだ。きっとポーションかなにかだろう。口を震わせながら開けている。

とりあえず手を添えて口に含ませてやる。

「ぷはぁ……助かったよぉ。ジードさん」

「俺のことを知っているのか？」

「同じSランクだからねぇ。初めまして、俺はトイポだぁ」

こんな状況なのに呑気（のんき）に間延びした声を出して自己紹介する。

『同じSランク』と口にしたってことは、やはりこいつもSランクだったようだ。

「ああ、よろしく」

言いながら、俺はトイポを立たせる。

「いやぁ、ジードさんが手助けしてくれるなら、これ以上頼りになるものはないよぉ」

「褒めすぎだ。それよりも戦えそうか？」

「この通りだよ～」

トイポが大丈夫とばかりに自分の腹部を叩く。見ると、トイポの傷は癒えていた。とんでもない回復薬を飲んだらしい。

「でも、正直あの男を倒せる気はしないかなぁ」

トイポが言いながらクオーツの方を見る。

やつは俺たちをジッと見つめながら佇んでいた。

なにかを待っているのか。……それとも。

『ジード!?』

不意に聞き覚えのある声がかかる。それは戦闘中のシーラだった。

そこから波及してクエナやフィル、そしてディッジなんかの顔ぶれが俺の存在に気づいたようだ。

「よう」

軽く手を挙げる。

続けざまに彼女たちに尋ねた。

「手助けは必要か？」

ギルド側にとっては絶望的な戦場だ。

でも彼女たちは——逃げていない。

「『不要よ！』」

クエナとシーラが示し合わせたかのように言う。

それに続いてウィーグが「見ててください兄貴ィ！」とか声を荒らげている。

彼らの士気は未だに衰えていないようだ。

かと言って、不利な戦況に変わりはない。

俺も依頼がある。

だから。

「トイポ。クオーツは俺が引き受ける。おまえはAランク冒険者が対処しきれていない敵を相手してやってくれ」

「んん～、俺は良いけど……クオーツはとても強いよぉ？」

「まぁ、やれるだけやってみるさ」

そう言って、俺はクオーツに振り返った。

「……ふむ」

クオーツは不思議そうに首を傾げた。

俺が誰なのか、どうしてここにいるのか謎に思ったのだろう。

せめて名乗っておくか。

「俺はジードだ。ギルドのSランク冒険者をしている。依頼があって、この地の主を擁立しにきた」

「そんなものはどうでも良い」

「ああ、そう」

「貴様、どんな小細工をしている？」

「ん？」

話がいきなり飛んで理解が及ばない。

補足するかのようにクオーツが続けた。

「どんな攻撃手段を取ろうにも貴様には効かん。……なぜだ？」

心底納得がいっていない様子だ。

俺が答えるよりも先にトイポが口を開いた。

「気を付けてくれぇ、ジードさん。やつの戦術を組み立てる頭脳は驚異的だぁ」

「頭脳？」

「うん～。今もきっと脳内で予測を立ててぇ……」

「いや――」

場の魔力を感じ取る。

この一帯を囲むような、薄い膜。

クオーツの張り巡らせている魔力だ。

たとえばリフならば、これらの魔力を感じ取ることはできただろう。

だが、トイポはできないのか。

最近気づいたのだが、俺の魔力を感じ取るという力はあまり一般的ではないらしい。

おそらく禁忌の森底で生きるために得た『目』や『感覚』なのだろう。

それにより俺は五感からは得られない情報も把握できるが、もし相手の魔力が俺の考えている以上のものを見通せるものだとしたら？

そして先ほどのクオーツの台詞と合わせて考えると――

「――クオーツは行動に対する結果が予め見えているんじゃないか」

「ふむ。まぁ正解だ。分かりやすく言うのなら『未来予知』だと考えている」

どうやら隠したいわけではないらしい。

クオーツがさらに補足した。

「あはは……そんな魔法、聞いたこともないねぇ」

どこか好奇心のある目で。

しかし、絶望を示す汗を流しながらトイポが言う。

なるほどな。たしかに俺も聞いたことがない。

俺が見てきた文献に、そんな魔法はなかった。俺が育った森にも使う魔物はいなかった。

未来が見えるとなると、それは破格の力だろう。

「トイポ。はやいところクエナたちのところに行ってやってくれ」

「……いいのかい？」

クオーツを俺一人に任せてもよいのか、そういうニュアンスの問い。

俺は静かに頷いた。

「どうやら援軍も来てくれたようだしな」

覚えのある魔力の気配を感じる。

それは森一帯を包み込むほどの魔力。

クオーツも周囲を見渡した。

瞬間。

途方もない軍勢が現れる。

「――大規模な転移魔法はやはり目標地点からズレますな」

「良いさ、別に」

「……」

それはウェイラ帝国の面々だ。

ルイナとユイがいる。隣には見知った顔のおっさんもいた。

「なぁるほど。リフさんの言ってた『なんとかする』ってのはこのことか……」

トイポが呟く。

どうやらギルド側の応援らしい。

に、してもウェイラ帝国が動くとは意外だったが。

ウェイラ帝国は元より戦地に赴く覚悟はできていたようで、先手を打つかのようにクオーツの軍勢に攻撃を始めていた。魔族側も応戦を始める。

戦況は一気にひっくり返った。

「ふむ。めんどうだな」

クオーツがそんなことを言う。

「だろうな。もう押され始めているんだ。大人しく降参したら良いんじゃないか？」

そんなクオーツに俺は言う。

ウェイラ帝国の参戦で戦線は一気に魔族不利に傾いた。

軍長クラスが六魔将との戦いに交ざっている。それでもやはり難敵であることに変わりはないようで、クエナたちも未だに戦い続けている。

「ふはは、違うな」

「違う？」

「私が言っているのはおまえのことだ、人族」

戦況ではなく、俺。

ただ俺だけを見てクオーツが言った。

「おおかたフラウフュー・アイリーにでも唆されたか、金銭で雇われたのだろう?」

「フラウフュー……?」

「なるほど。通り名のほうか。では、フューリーと呼べば納得いくか?」

「ああ、そいつなら知っている。依頼主だ」

俺の返答にクオーツが得心のいった様子で頷く。それからしばらく考える面持ちで空を仰いだ。

「では、どうだろう。私に与さないか」

「それはギルドの規約で禁止されているから無理だ」

「禁止……禁止か。では代償に領土をやろう。魔貴族の一角を担うが良い、人族よ」

「領土なんてものも興味ないな」

「なぜ?」

クオーツが言う。

……なぜ、か。

「想像できないからだ。昔の俺は今よりも苛烈な環境にいた。そこから抜け出す時はマシな環境になると思っていただけだった」

「だから良い環境がどういうものか理解できない、と言いたいのか」

「それだけの知識も今の環境でできる娯楽もまだ味わっていないからな。だからまだ興味ないんだ」

「……ふ。欲がないように見えて、その実は底がないだけか」

俺を覗き込んだような、そんな言葉。

そして諦めたようにクオーツが続けた。

「時期が悪かったようだ。おまえを引き抜けなければこの戦いは負けたも同義」

それは彼だからこそ言えることか。

「未来を見たのか？」

「私が見えるのは遠くて数分先だ。そして数多あるパターンを読む」

「……」

どう息をするか。

どう足を運ぶか。

どう腕を動かすか。

いかにして魔法を喰らわせるか。

いかにして傷をつけるか。

いかにして死を与えるか。

「――全てで私は負けている。どれも数秒、数十秒の出来事だ」

だから戦闘を吹っ掛けることもなかったようだ。

交渉をして俺を味方に付ける選択しかなかったと。

「なら、俺の答えは分かってたろうに」

「未来を見る条件は色々とあるのだ。万能ではない」

そうは言うが、もしくは未来も知ったうえで聞きたかったのか。

「全軍、撤退しろ！」

クオーツが大声を挙げる。

それを聞いた連中が悔しそうに、嬉しそうに、多種多様な反応を見せた。眼前にいたクオーツも撤退に合わせて退いている。

ウェイラ帝国がそれら敗残兵を確実に撃破している。

それも執拗なまでに――。

「ふむ。てっきりあの男はおまえが倒すものだと思っていたがな。ジード」

後ろからルイナが声をかけてきた。

相も変わらず芯が一本通ったような立ち居振る舞いをしている。

「降参されたんだ」

「ああ、でなければ奴らが退く理由はない。おまえがいる戦場に負けはないな」

「俺は随分と評価されてるみたいだな」

「ああ、私はおまえを愛しているからな。どうしても過大に評価してしまうんだ」

……なるほど。

めちゃくちゃ気恥ずかしいな。

心がふわふわ浮かぶ。そんな感触さえ覚えた。

「それよりもだ。どうしてルイナやウェイラ帝国がここに来た？」

「リフから聞かされたのだ。『今なら魔族の領土を取れるかもしれないぞ』とな」

ルイナも空いたユセフの領土を取るために動いているわけだ。

「……なら俺とも戦うことになるんじゃないか？」

「ふふ。いや、ここを取りはしない。ジードを敵に回すような真似は死んでもご免だ」

「じゃあどこを……ああ、そうか」

そういえば、さきほどクオーツの敗残兵を追いかけていた。

きっと、それだ。

「その通り。もう既にクオーツ領の一つはこちらの手に落ちている。あと一つも侵攻している真っ只中だ」

混乱に乗じて、か。

「かなり不穏な動きをするんだな。人族と魔族は停戦中だろう」

「今回、来たのはウェイラ帝国の軍だけじゃない。混成軍だ」

「人族は戦争をするつもりなのか？」

「気運が高まっている、というだけだよ」

ルイナが不敵な笑みを浮かべる。

その気運を高めているのは誰なんだろうか。

「あー！　女帝！」

俺とルイナの会話に交ざる人物。

シーラだ。

かなりボロボロになりながらもズンズンと俺たちの方に向かってくる。

「おやおや、私直々の勧誘を蹴った面々ではないか」

他にクエナとフィルもいた。

ルイナの態度を見るにフィルも勧誘されたことがあるのだろう。きっとソリアもそうだ。

聖女と剣聖は名前だけでも価値があるから。

「うぬぬぬ！　ジード、忘れてないよね!?」

シーラが突然聞いてくる。

ルイナを意識してか口調が強い。

しかし、

「『忘れてないよね!?』とは……なんのことだ？」

「もしもこの試験を私が突破したら！　キ・ス！　してくれるってこと！」

「あ、ああ……そのことな」

「くふふ。面白いな。褒美は大事だからな、良く分かっているじゃないか」

ルイナが言う。

それも面白そうに。

だが、シーラ的にその反応はつまらなかったようで頬を膨らませた。

「あなただけじゃないから！　ジードは私ともキスするんだから！」

「くくく……なるほど。モテモテだな？　ジード」

「……嬉しい限りで」

反応が難しい。

不意にルイナがクエナを見た。

「クエナも約束したのか？」

「……べ、別に」

「照れるな。言ったろう。褒美は大事なのだ。やる気も上がるし、不思議と力も湧き出る」

「ほ、褒美だなんて！　キスなんて別に……！」

ふと、クエナと目が合った。

彼女は顔を赤らめてそっぽを向いた。

そこをルイナが追撃した。

「私の誘いを断ってまでジードに付いていくと決めたのだろう？　機会を逃すのは愚かなことだぞ」

「……っ」

クエナの顔がトマトやリンゴの完熟した色よりも、さらに赤くなる。

そして、覚悟を決めたかのように俺を見た。

「……ジード。わ、わ、わ……私も…………っ！」

それから、しばらくの間があった。

クエナが握った拳を震わせ、噛んだ唇が紫色になるくらい力を込めて。

羞恥からか、プライドからか、言葉が上手く出ないようだった。

見ている側も心が痛くなる。俺が歩み寄るべきだな。

「――ああ、Sランクになったらキスしよう」

「！」

クエナの目が一瞬だけ潤う。

それから言葉を紡ぐことなく、さっさと走り去ってしまった。

彼女なりに勇気を振り絞った結果か。

「ぐぬぬ……余計なライバルを増やしおってぇ」

シーラがルイナを睨みつける。

そして更に口を開く。

「つまり試験を突破した人がジードとキスね！　私は絶対に負けないけど！」

「ま、待て!?　それは私も含まれているのか!?　だ、だ、ダメだ。ソリア様がいるのにそんな不埒な真似は……！」

シーラの言葉にフィルがなんか勘違いをしだす。なんだこいつ。

そしてシーラはクエナの後を追った。フィルもその背を追って駆け出して、途中で俺の方を乙女のように切なげな瞳で一瞥した。なんだそのギャップは。なんだこいつ。

「んじゃ、俺はフューリーとさっさと城に……あれ。あいつどこに行った」

見回す。

しかし、フューリーの姿はない。

そういえば、クオーツと戦っていた中で――というよりは見合っていたが――一度も顔を出さなかったな。

「ボクならここだよっ」

そう言って、フューリーが姿を現した。

何人かの、別格な雰囲気を纏わせた魔族たちを連れて。

「ねぇ、ジード君。『魔王』になってくれない——？」

そんな言葉を俺に向けて。

俺は一体、何回勧誘されるんだ。

「おい！」

「どうしたのよ？」

フィルの呼びかけにシーラが応える。

未だに顔の熱が冷めやらないクエナの足も自然と止まった。

「ほら、飲め」

フィルが小瓶の中身を軽く口に含んでから、二人に投げ渡した。まずシーラが受け取った。

「これなによ？」

「エルフの神樹の樹液だ。見てみろ」

フィルが自らの腕を二人に見せた。

先ほどの激戦で付いた傷がみるみる塞がっている。

　クエナが言う。

「エルフって……」

「ああ。カリスマパーティーへの依頼を遂行した時の報酬みたいなものだ」

「要らないわよ。私たちここではライバルでしょ」

「ここでは、じゃない。ここでも、だ」

　フィルが二人を見据えて続ける。

「少なからず、ソリア様やユイはおまえたちのことを意識している。だから、おまえたちとはフルパワーで戦いたい。ランクや実力はまだおまえたちの方が下だろうがな」

「一言めちゃくちゃ余計ね!?」

　シーラが額に血管を浮かべながら言う。

　しかし、否定しないあたり、彼女もそこは自覚していた。

　だからといって試験を放棄するわけがない。

　純粋な一対一では負けるかもしれないが、試験結果を左右する要素には知恵や運もあるからだ。

「……まぁでも、ありがたく頂くわよ！　ジードとキスしたいしっ！　あなたたちには譲る気ないし！」

　シーラが小瓶の液体を飲む。

少しだけ余らせて、ぐいっとクエナに手を向ける。

しばらく小瓶を見ていたクエナが顔を逸らした。なにかを考えるように。

「クエナ、飲まないの？　傷だって癒えてないでしょ？」

「……私は」

プライドからか。

クエナは小瓶に触れられない。

そこでシーラが言う。

「クエナ！」

「！」

突然、大きな声で呼ばれてクエナが身を震わせた。

「あなたさっきもそうだったじゃん！　ジードに『キスしよう』なんて言わせてさ！」

羨望とクエナの言動に対する苛立ちから、ぷりぷりとシーラが頬を膨らませながら言う。

その内心を察しても上手く言葉を紡げないクエナは視線を合わせられずにいた。

「だって、私ずっと一人でやってきて、人にお願いすることなんてほとんどなかったし……。お互い win-win 以外の条件で人と約束したことないのよ」

「うそこけー!!　あんたどんだけ私のご飯食べてきたのよ！　今のクエナの身体は私の手作り料理百パーセントでしょ！」

「それはシーラが私の家に住んでるからでしょ!?」

「うっさい！　家事は高いの！　あんたはもう人に頼りまくってるの！　だからフィルからの好意くらい有難く受け取りなさいよ！」

「そ、そうだぞ。礼なんて気にする必要はない。……前にいきなり喧嘩を吹っ掛けてしまったことがあるしな。その謝罪だと思ってくれれば良い」

「……」

クエナが考える。

間髪容れずにシーラが言う。

「そんなんじゃ、ジードに甘えられないよ？　好きなんでしょ？」

クエナは何の反応も示さない。

動揺の果てに、ある種の達観のような境地に辿り着いたのだろう。

「多分、好き。………最初は嫉妬だったと思う。でも、それが憧れに変わっていった。一緒に行動するうちに、きっと……」

クエナが自身の手で左胸を押さえる。高揚する気持ちを確かめるように。その胸は確かに平常時よりも高鳴っていた。

「――私も好きだもん。大好きだもん！」

「！」

「だから私はこの試験をどんな方法ででも突破したい！　敵の手を借りることになってもジードとキスがしたい！」

「……そう、ね」

「そうだ。それに頼るなんて考える必要もない。利用する、でもいいんだぞ」

二人がクエナの背を押す。

それにクエナが、甘えた。

シーラから小瓶を受け取って一気にあおる。

空になった小瓶をフィルに返して、クエナは樹液の効果を確認した。傷がなくなっていく。

「……ありがと」

「ふふん。じゃあ、ここからは問答無用の勝負！　邪剣さんは魔草の在り処も最短ルートも知ってるのよ！　さらばーーっ！」

シーラが足に魔力で雷を纏わせて高速で移動する。

「ぬああ!?　あいつ卑怯だぞ！」

その後をフィルが追う。

クエナはそんな様子を見ながら、くすりと笑って足を一歩踏み進めるのだった。

第五話　転換点

「——魔王になってくれない？」

フューリーが俺にそんなことを言った。

予想外ではあったが、今までも誘われてきたし、答えに変わりはない。

「断る」

「あらら。振られちゃった」

「俺の呼びかけに瞬時に応えられたってことは近くに居たんだろ？　ならクオーツの誘いの返事も聞いていただろうに」

「でも魔王だよ？　領土一つの魔貴族とはそもそもが違うよ。魔王なら魔族全部の領土が手に入るよ？」

「同じだよ。結局は土の上に住むってだけだ」

「あはは！　やっぱり面白いなぁ。でもそっか。断るんだね」

がらりと雰囲気が変わる。

能天気な笑みから、殺気を放つ剣呑な表情に。

「もしかしたら何かが変わると思ったんだけどな、ジード君が魔王になってくれたら」

「……？」

「まっ、いいや。――不安要素はここで取り除かせてもらうよ」

ズンッと五感全てが狂うような、次元一つがズレたような、そんな空気が流れる。

臨戦態勢のフューリーと三人から溢れ出る魔力。

俺を喰うつもりのようだ。

「……あいつらがいなくて良かった」

この空気は到底、耐えられるものではなかったろう。

その証拠に俺の後ろに立つルイナやウェイラ帝国の一部が意識を失いかけている。

『……っ』

俺の魔力で彼女らを包む。

するとフューリーたちの放つ魔力から解放されたようで、少しは楽そうにしていた。

「余裕だね」

フューリーがそんな俺を見て言う。

ルイナも察したようで俺に視線を合わせた。

「私は場違いのようだな。すぐに離れて軍長クラスに加勢するように――」

「――そんな時間あるわけないじゃん」

場の魔力帯が一変する。

まるで重力が何倍にも感じる。

「なんだ、これは……」

「マジックアイテム――『ルスト』。本来は神獣とか、多色の竜王をまとめて封印するレベルの時に使うやつさ」

「ぐっ……」

ルイナが左胸を押さえながら膝を突きそうになる。

そこにユイが現れて彼女を支えた。だが、ユイもまた苦しそうにしている。

「悪いけど、ここら一帯はボクらの支配下だ。ジード君も、ウェイラ帝国の面々もみんな死んでもらうよ」

飄々(ひょうひょう)とした顔つきに冗談めかしたものは感じ取れない。

本気なんだろう。

「……はは」

ルイナが笑う。

「なにが可笑(おか)しいんだい？」

「いや、なに。魔族でもズルい知恵は持っているのだと思ったんだ」

「ジード君はさすがに怖いからね。でもやっぱり人族の専売特許だろうし、鼻で笑っちゃうよね？」

余裕しゃくしゃくとフューリーが言う。

それにルイナが小さく頷いて見せた。ぴくりとフューリーの頬が痙攣した。

「くくく。この程度は私も考えたさ。だが、結局は無駄だと気づいた。――だから私はジードに全幅の敬意を払っているんだ」

ルイナの目が俺を見た。

フューリーがあからさまに動揺する。

「なにを、そんな……！」

「――認められるのは嬉しいが、俺を倒す策略を皆が練っていると考えると怖いな」

パチンっと指を鳴らす。

同時にガラス細工がひび割れるような音が四方で響いた。

「『ルスト』がっ!?　あり得ないよ！　どうやって……!?」

「強い魔力を流し込んで魔法回路を焼き切った。発生源は、探知魔法で分かるしな」

「それがあり得ないんだよ！　『ルスト』本体は魔力で保護されているはずだし、そもそもジード君が何かできるはずがない……！　魔力が封じられて身体の感覚さえ麻痺しているはずだよ……!?」

まるで化け物を見るような顔で、フューリーが俺を見る。

それだけの自信があったのだろう。

いや、そんなこと言われても、

「できるんだから仕方ないだろ」

としか返しようがない。

「……『ルスト』から放たれる状態異常の魔法を魔力で阻害していた……？」

「ああ、そうだ」

単純にマジックアイテムから放たれる魔法を俺の魔力で撥ね除けていただけだ。

「魔力は魔力で干渉できる。『ルスト』の魔力が俺に干渉できるなら、俺の魔力が『ルスト』に干渉できても不思議じゃないだろ？」

「あはは！　ありえない、ありえないよ！　だってそれは魔法を構成する魔力、言わば肉体を構成する細胞の一個一個を捉えていることになる！　ボクだって薄ぼんやり程度でしか見れないのに……」

「それが俺の強みなんだろうな」

「……いやいや、見えていてもだよ。仮に見えていたとしても、砂粒ほどになって拡散された魔法の一粒でもジード君に触れれば弱体化するはずだ！」

見る見るフューリーの顔から余裕がなくなっていく。

このマジックアイテムがフューリーの切り札だったのだろうか。

「まぁ、一粒たりとも逃しちゃいないからな」

「――百や千じゃない。……一万、十万、百万の世界だよ……？」

「ああ。そうだ」

「……あはっ」

無理やり息を吐くように、フューリーが笑い声を挙げる。

そして、狂ったように目を見開いた。

「あははははははははははっ！　やっぱりジード君は危険だよ……!!」

それが合図だった。

息の合った連係でフューリーの後ろに仕える三人が飛び掛かる。

最初に攻撃を仕掛けてきたのは半透明の女だった。

手で摑もうとしてもすり抜ける。

「私はアンデッド。存在自体が魔力の――ガッ」

何かを言いかけたようだが改めて両手に魔力の層を纏うと触れられた。

なるほど。魔力で身体を構成しているようだ。

だが、結局のところ要領は似ている。魔力なら魔力で干渉できる。

逃さないように俺の魔力で女の身体を包み込む。

首を握り締めて地面に押し付けるとクレーターができた。

反対から燕尾服の男が拳を突き出す。

受け止める。反動だけで背後の木々が揺れ動く。

ジュッと嫌な音が手のひらから聞こえる。すぐに手を離す。手のひらが焦げていた。男の拳を見ると紫色の粘液に覆われていた。

「めんどうだな」

ユイと視線を合わせる。こくりと頷くと、ルイナと共に下がっていく。合わせて他の兵たちも退いたのを確認する。

「参式――【炎薔】」

俺の言葉と共に周囲が炎に包まれる。

◇

どれだけの戦いを繰り広げたのだろうか。

すでに周囲に人はいない。あるのは焦げた大地と凍土、消し炭になった元がなんであったか分からないものばかりだ。

地面に転がる三人の魔族。そして遠巻きに見ている中性的な男子。

「まさか、彼らがやられるなんてね」

フューリーが達観した面構えで言う。

痛い。久しぶりにそう感じた。

頬から流れる血液。右腕の感覚は薄い。脇腹の骨が軋む音が身体の内から聞こえてくる。

「クオーツの軍勢と戦ってもこうはならなかっただろうな……。おまえ、何者だ？」

「ボクは七大魔貴族。三つの領土を持つフラウフュー・アイリー。通称、フューリーだよ。彼らはボクの部下で三魔帝の肩書を持つ魔族。それぞれがトップクラスの魔族なんだけどな」

俺に敗れたやつらを見ている。

トップクラスの魔族……どうりで強いわけだ。

「しかし、だとしたら俺を襲った理由はなんだ？　ウェイラ帝国ならば分かる。クオーツの領土、すなわち魔族の領土を奪おうとしていたんだ。だが、俺はおまえの味方だったはず」

「魔王になるのを断ったから、かな」

「そんなもの、おまえがなればいいだろ。なんで俺なんだよ？」

「さぁね。でもボクは――魔王になるつもりはない」

いちいち意味深なことを言うやつだな。

フューリーに背を向ける。

「……ボクを殺さないのかい？」

「依頼主を殺すやつがいるかよ」

いや、いるんだろうけどな。

それでも、フューリーにギルドに対する敵意がないのならば別にいい。コイツの狙いは俺のようだったしな。

「はは……命を狙われたんだ。殺して然るべきだというのに……君は甘いね」

「ああ、自分でもそう思う」

「じゃあ例えばボクが君の仲間を殺したらどうする？　ボクが君の大事な……ギルドを滅ぼしたら、それでもボクを見逃すかい？」

「いいや、殺す」

ためらわず、俺は言った。

それだけは絶対にさせない。

自分が傷つけられるよりも、それは無性に腹が立った。

それがフューリーの予想していた反応だったのか、満足そうに笑った。

「ああ、そうだろうとも。安心してくれ、そんなことはしやしないさ。けど、君はつくづく体制の権化のような人間だね」

「……」

「君は集団にしか身を置けない個。君は自分という個に目を向けられない。だが、だからこそ、君は組織そのものであり、君の中に君という個は存在していない。君は本当につくづく――『勇者』だ」

「んなものじゃない。ただの冒険者だ」

「いいや、君は勇者だ」

振り返る。フューリーが俺の方を真剣な眼差しで見ていた。

それは何か敵意とは別のものだ。諦めでも、憎悪でも、あるいは好意でもない。

「ねぇ、ジード君」

「……なんだよ？」

「依頼達成書、ギルドに送っておくね。それに魔族領にもギルド支部ができるだろうから、またいつでも来てよ。アドリスタ領でボクは四つめの領土を手に入れた。魔王にはならないけど、魔族の領土はボクが掌握することになるから」

それはつまり、結果的にやっていることは魔王と同じことじゃないのだろうか。

意図が読めないが、きっと尋ねても答えてはくれない。

「ああ、そうかい。じゃあ次に会う時は美味しいご飯でも教えてくれよ」

俺はそう言って、背を向けて転移した。

第六話　終わり

転移した先はウェイラ帝国軍だ。休息にでも入っているのか大規模な野営陣地が建てられている。

きっとここから魔族領土の支配を進めていくつもりなのだろう。

「……！　き、貴様はっ！」

見知った顔のおっさんが声をかけてくる。

ああ、こいつは確か元Sランクの冒険者だとかいう男だ。今はウェイラ帝国に引き抜かれているそうだが。

「バシナ……だっけ？」

「あ、ああ。神聖共和国では世話になったな。おかげで今じゃ第一軍の副軍長に格下げだ」

「そうか、なんか悪いな」

「いや、負けた俺が悪いんだ。に、してもなんでここにいる？　まさか参戦予定か？」

「参戦？」

「ああ。うちのボスがギルドに依頼したのかと思ったんだが違うのか？　周りもおまえに期待の視線を送っているぜ？」

　見てみれば、野営地を築く作業中の奴(やつ)らや、腰を下ろしている奴らが俺の方をキラキラした眼差しで見ていた。あるいは背をピンとさせて震えながら見られてもいる。

「いや、ルイナに挨拶をしに来ただけだ。さっきマジックアイテムにやられてたからな」

「そりゃ残念だ。おまえが味方なら心強いことこの上ないんだがな……。ルイナ様なら、ほら。あのめちゃくちゃ高い位置にある国旗の立つテントにいるぞ」

「あれか。ありがとう」

「おう。次に会う時もこうやって敵対していないと有難い」

　まるで化け物を見るような目つきで言われた。

　それから何回か守衛に足止めされる。命懸けの目付きで。

　申し訳ないことに覚えてはいないが、きっと彼らとも戦場で会ったことがあるのだろう。

　だが、ルイナから許可が下りたとかで無事に通されることになった。

　赤を基調としたテントに入ると長椅子に腰かけながら、膝に手をつけて前かがみになったルイナがいた。

　隣にはルイナにコートを掛けて樹液の入った小瓶を握っているユイもいる。

「やあ、わざわざ会いに来てくれるとは嬉(うれ)しいじゃないか」

　気丈に振る舞っているが汗で滲(にじ)んだ髪と陰のある顔から苦しそうなのが伝わってくる。

ユイが持っている樹液の入った小瓶も、その苦しみを緩和させるためのものだろう。

「フューリーが用意していたルストが強烈だったのは見えていたからな。大丈夫そうか？」

「ふふ。ジードに気遣われるとは嬉しい限りだ。膝枕の一つでもしてくれたら楽になると思うが、どうだろう？」

悪戯な口調だ。

どこぞのギルドマスターに似て、愉快そうに頰を吊り上げている。

「そんな軽口を言えるのなら大丈夫そうだな」

「あっさり流してくれるじゃないか。すこし期待したのだがな」

ルイナが不満そうに口を尖らせる。

いつものような不敵な態度が影を潜めている。それはきっと、この場には俺とユイしかいないからだろう。

不意にユイと目が合う。

「そういえばユイはどうやってギルドから引き抜いたんだ？　バシナは金って分かるがユイはどうもそんな簡単ではない気がするんだがな」

きっと地位や名声でもないだろう。

バシナが第0軍の軍長をやっていた時、ユイは裏方の部隊に回っていた。

それにどうもルイナに抱いている忠誠心は大きいように思えた。度々ユイがルイナを庇(かば)っているところを見ているしな。

「……滅ぼしてほしいから」

「おー……」

さすがの俺でも意図が分からない。説明不足はいつも通りだが、今回は度が過ぎている。

きっと配慮できないだけの感情がユイの中に渦巻いているからだろう。

かなり物騒な単語が出てきているわけだし。

反応に困っていると、ルイナが少し驚いて見せた。

「随分と仲が良くなったんだな？　ユイが私以外にそれを言うのは初めて聞いたな」

「かなり大事なのか？」

「ああ。ユイは家族を皆殺しにされたからな」

まじかよ。

こういうことは本来ならばユイが直接語るべきなのだろうが、彼女の言葉不足感は否めない。本人が理由を口にしたのなら後はルイナが補足しても良い、ということなのだろう。

に、しても皆殺しにされたってのは聞いていてキツいものがあるな。

「その仇(かたき)を討つために、ウェイラ帝国に引き抜かれたって訳か」

「ううん。ルイナ様に」

「そうか。そうだな」

わざわざ訂正された。しかし、それだけルイナが大きく関わったということだろう。いや、大きくではないか。全て、なのだろう。

「ジードはどうだ？　そろそろ結婚式を開いてもいいぞ」

「またかよ。断ったろ。しかも結婚式って早すぎるだろ。もっとステップを踏むもんだって流石の俺にでも分かるぞ!?」

「くく、冗談さ。しかし、欲しいものは絶対に手に入れる。どんな手段を用いても」

「諦めの悪い奴だな」

まぁ、そんなルイナのネバーギブアップな精神は良いところなのだろうけど。

「んじゃ、帰るわ」

「そうだな。大した歓迎もしてやれん状況だ。今度はウェイラ帝国にでも来るが良い」

「機会があったらな」

そういえば王竜の娘からも訪問しろと言われていたっけか。いずれ行かないと。

しかし、今はギルドに戻るのが先か。

「ああ。いつまで経っても来なければ機会とやらを私が作ってやる」

「こえーよ……」

こいつの場合なにをしでかすか分かったもんじゃない。

ギルドに手は出さないと言っていたが、ルイナならばやりようはいくらでもあるだろう。

あ、そうだ。

「ありがとな。魔族領に来てくれて」

「何のことだかな。私は領土を奪いに来ただけだ」

「そうだな。まぁ、それもあるだろうな」

しかし、ルイナが来てくれなければ冒険者の被害がさらに大きくなっていたのも事実だ。

ウェイラ帝国としても利点があるから来たのだろうが、それでもギルドが助けられたことに変わりはない。

クエナの姉はどうも素直じゃないようだった。

「ああ、そうだ。おまえに聞きたいことがあるんだった」

「ほう、私に？」

「あのさ、褒美って――」

◇

依頼の達成書はフューリーが届ける手はずになっている。

しかし、無事であることの報告や聞きたい話もあるためギルドマスター室まで来ていた。

ノックをすると中から「入るのじゃー」と返事が来る。

ドアノブを握って開ける。

「よ。依頼、終わったぞ」

「さすがじゃの。信じておったぞ」

目をキラーンと一閃させて若干のドヤ顔のリフが言う。まるで信じて送り出した自分がすごいだろうと言わんばかりだ。

容姿も相まって、無邪気で幼げな印象を抱かせる。

しかし、信じていた……か。

「なぁ、俺ってどれくらい強いんだろうな」

ふとした疑問だ。

騎士団にいた頃、俺はたしかに強かった。

団員の中では突出していたし、当時は知らなかったが騎士団長クラスよりも上だった。

ウェイラ帝国を丸々相手にできたし、エルフや王竜も打ち倒すことができるだろう。

そして今回、俺はフューリーが口にした「魔族のトップクラス」すらも――。

フューリーが俺に仕掛けて来なかったのは俺に勝てないと分かっていたからだろうな。

だとすると、果たして俺はこの世界でどれほどの力を有しているのだ。

「――勝てる者はおらんだろうよ。少なくともこの大陸では」

俺の疑問にリフが応えた。

その声音は凜としていて、彼女が主張する「俺よりも年上」という嘘のような話を信じさせるほど清らかだった。

「リフでもか？」

「うむ。わらわも相当な腕を持っておるが、お主には勝てないじゃろう。最初は良い戦力になるくらいに思っておったが、まさかここまでとは思わなんだ」

かっかっか、と快活に笑う。

「フューリーも言っていた。ギルド最強と謳われている男よりも俺の方が強い、と」

「ああ、そうじゃの。【星落とし】ロイターよりも強いじゃろうて」

その名は度々、大事件のニュースの引き合いに出されている。

曰く、人族最強とも。

数知れない伝説を今もつくり続けている……らしい。

だが、リフやフューリーはそいつより俺を推すと口にする。それが本音かは分からない。

だから、聞く。

「俺の強さの理由はなんだと思う？」

「魔力が他よりも群を抜いて……いや、もはや次元の違いすらも感じさせるほどにハッキリと見えるところじゃろう」

「……ああ」

なんとなくは分かっていた。

俺は人よりも魔力を察知できるし、人よりも視ることができる。

それは強力な武器であり、大きなアドバンテージだ。

「戦闘におけるセンスもSに相応しいが、生まれた環境故か呼吸するように魔力を見て、感じて、それらを模倣して、操る。これは誰にでもできる芸当ではないじゃろう」

さらにリフが続ける。

「わらわや実力のあるものでも微かに薄ぼんやりと確認できる程度であるからの。お主はその点において別格じゃ」

随分と褒めてくれる。

しかし、どうにも腑に落ちない。

「フューリーが言っていた。俺は『勇者』だと。他にも救世主だなんだと声をかけられる。それとは何か関わりがないのか？」

「さぁの。神に愛されておるから、運も味方するし、人々を扇動する力も持てるとは言われておる。しかし、実際はどうか分からんのじゃ」

「運も扇動も俺とは程遠いな」

生まれてすぐに危ない森に連れて行かれたし、人を扇動するような立場でもない。

が、リフはそうも思っていないようだ。

「案外そうでもないかもしれんぞ。わらわが思うにお主は勇者の適性が高い。その実力も十分あると考えておる」

「おまえまで言うのかよ……。俺になる気はないからな」

「……そう、であるか」

リフの表情もまた、どこかフューリーに被るものがあった。

「なぁ、勇者とか魔王とかって何なんだよ？」

「異なことを聞くの。もう調べておるのだろう」

「女神が決める人族を護る者。魔族で強者が自然となる者。それが勇者と魔王なんだろ？そんな初歩的なもんじゃなくて、俺が知りたいのは理由だよ」

「理由とな？」

「ああ、存在する理由だ」

「これまた異なことじゃの。人族の士気を上げるため、人族に希望を抱かせるため、戦乱の魔族を絶対者として平定する……理由などいくらでもあるじゃろう」

「……まぁそうだけどさ」

自分でも自分の質問の意図を摑み切れていない。

さて、どうしたものか。

そんなことを考えているとリフの机の上に置いてある四角形で厚さが親指くらいあるマ

ジックアイテムが反応を示した。淡く光っており、表面に白色の文字が記されている。

「ほう、試験も折り返しに入ったそうじゃぞ」

「そうか」

どこか話をはぐらかされた気がした。

勇者と魔王、その存在にもっと大きな意味があるような気がするのだが。

しかし、話を蒸し返しても先ほどと答えは変わらないだろう。今度はもっと自分なりに考えをまとめて聞いてみることにしよう。

「そんなら宿に戻るとするわ」

「うむ。またの」

「ああ、またな」

◇

試験が終わったらしいのは冒険者カードのニュースで知った。

新しいSランクというのは話題性も抜群のようでトップニュースを飾っている。

特に彼女はAランクの誰よりも知名度が高いのだ。

『剣聖、Sランクに至る』

街中の誰もが話題に出すのも頷ける。

そして、俺の目の前でワンワン泣くシーラと、どんより暗い影を落とすクエナ。

場所はクエナの家だ。

「負けちゃったよぉぉぉーー!!」

シーラが机に突っ伏して泣いている。

その傍では椅子に座っているクエナが頬をつきながら悩んでいる様子だ。

「……ジードはどう思ってたの？」

シーラの泣き声を横目に、クエナが問いを投げかけてくる。

誰がSランクになると予想していたのか、という意味だろう。

ここで掛けるべき言葉は「誰もがなるチャンスを持っていた」とか「おまえらのどっちかだった」なのかもしれない。

しかし、ここは素直に答えよう。

「フィルだ」

試験の結果と同じ答えになる。

悪く言えばつまらない返答だ。しかし、俺の評価は変わらない。クエナやシーラはまだフィルの領域には辿り着けていないと感じた。

「……そうよね」

クエナも分かっていたようで粛々と受け入れる。

だが、と俺は続けた。

「次回はおまえたちだろう。成長の速度も勢いもクエナやシーラに勝る奴(やつ)はいない」

「どうしてそう思うの?」

「勘だ」

「ふふ。野生児の勘なら当たりそうね。次は必ずSランクになるわ」

「いやだあああ! 私は今すぐジードとキスしたいもーーーーんっ!」

クエナはビシッと決めた。だが、シーラは未練がましく泣きわめいている。まぁ、シーラの目的はSランクになることではないから仕方ないは仕方ないのだが……。

どうしようもなさそうにクエナも泣くシーラを持て余しているようだった。

ふと、ルイナに尋ねたことを思い出す。


「あのさ、褒美ってどういうもんを渡すんだ?」

それはクエナやシーラが試験に落ちた時のことを想定しての問いかけだった。クエナ、もしくはシーラが見事に合格したとしても、どちらかは脱落する。

だからこそ人の上に立つルイナに聞いておいたのだ。

「さしずめ頑張ったで賞といったところか?」

一瞬で俺の意図を察したルイナが言う。

さすがだな、と俺が感心している間に続けてきた。

「本来なら叱咤激励して成功報酬とは別の、それこそ『おまえなら次はやれる』とかの言葉を投げてやれば良い」

「ふむふむ」

「しかし、今回はちょっと違うだろうな。そうだな。例えば――」


おい、シーラ。

俺はそんな声を投げかける。

両手で顔を押さえていたシーラが面を上げてこちらを見る。

湿った前髪をあげて、俺は額に唇を当てた。

「お疲れさん」

そんな言葉を添えて。

ボンっ
そんな爆発する音が聞こえてくるほどシーラが顔を真っ赤にする。涙が蒸発するほど熱くなっているようだ。

それから、あわあわと口を歪ませて、全力でどこかへ駆けて行った。

「……やることキザになってきたわね」

クエナがジト目で言ってくる。

「嫌か？」

「な、嫌って……まさか私にも……!?」

「そりゃそうだろ？」

褒美ってそういうものなはずだ。

クエナの前髪をあげる。

「ちょっ、ばっ――」

クエナが立ち上がる。

それは俺を拒もうとしてのことなのだろう。

だが、しかし。

「ん」

「んっ!?」

立ち上がった拍子に。

唇と唇が重なり合ってしまった。

一つ感想を残すのであれば、柔らかかった。

その光景を見ていたシーラが大暴れしたのはまた別の話だ。

あとがき

三巻目です。

今回も素晴らしいイラストですね。由夜先生、さすがです。

そして校正してくださった担当編集様に感謝です。

また校閲・印刷・販売などなど、携わってくださった皆様にありがとうございます。

なんか毎度毎度お礼ばかりをしているので、さすがに次巻以降のあとがきがあれば省くと思います。

いやでも、なにを書こうかな……うーん。

特に書くことないので、多分また感謝の念を送ると思います。（おいっ）

そしてそして、重大な発表があります。

ハム梟(ふくろう)先生によるコミック版の第一巻が同時期に発売されます。原作を書いている身ではありますが、読んでいてとても面白かったです。ぜひ、お手に取ってみてください。

さて、コミック版の宣伝と軽いボケをしたところで今回は終わりです。

最後になりますが、お手に取っていただき誠にありがとうございます。今後とも応援していただければ幸いです。

次巻予告
遥か遠く海の向こうの東和国にて蔓延する疫病。
その特効薬を最速で運搬するように頼まれたジードは、
竜の力を借りて
空路で輸送するという妙案に思い至る。
ジードが向かった先は
Sランク指定区域『黒竜巣の麓』。
知己の黒竜に相談するつもりで訪れた
ジードであったが、
折悪しく竜王たちが戦いで武威を示す
百年に一度の祭りが開催されており――
!?
オーバーラップ文庫
ブラックな騎士団の奴隷がホワイトな冒険者ギルドに引き抜かれてSランクになりました
The Slave of the "Black Knights" is Recruited by the "White Adventurer's Guild" as a S Rank Adventurer
4
2021年夏発売予定!

ブラックな騎士団の奴隷がホワイトな冒険者ギルドに引き抜かれてSランクになりました 3

発　　行　2021年2月25日　初版第一刷発行

著　　者　寺王
発 行 者　永田勝治
発 行 所　株式会社オーバーラップ
〒141-0031　東京都品川区西五反田 7-9-5
校正・DTP　株式会社鷗来堂
印刷・製本　大日本印刷株式会社

Printed in Japan　ISBN 978-4-86554-844-0 C0193